Mütter weinen nachts

Für Daniel

Manchmal sieht unser Schicksal aus wie ein
Fruchtbaum im Winter.
Wer sollte bei dem traurigen Ansehen desselben
wohl denken, dass diese starren Äste,
diese zackigen Zweige, im nächsten Frühjahr
wieder grünen, blühen,
sodann Früchte tragen können.

J. W. von Goethe

Rena de Fries

Mütter weinen nachts

Mein Kind hat Knochenkrebs

Bibliografische Information der Deutschen Bibliothek:
Die Deutsche Bibliothek verzeichnet diese Publikation in der
Deutschen Nationalbibliografie; detaillierte Informationen sind im
Internet über
<http://dnb.ddb.de> abrufbar.

Herstellung und Verlag: Books on Demand GmbH, Norderstedt
ISBN 3-8334-3961-0

INHALTSVERZEICHNIS

ABSCHIED

Endlich! Daniels großer Tag war gekommen. Mein zwanzigjähriger Sohn hatte sein Abitur geschafft. Freudestrahlend überreichte er mir sein Zeugnis.

»So, Mama«, triumphierte er überglücklich, »das war's, nie wieder Schule. Jetzt Bundeswehr, meine Ausbildung zum Funker, und dann ... dann entscheide ich mich, ob ich nach meinen vierundzwanzig Monaten Dienst noch eine Lehre zum IT-Systemelektroniker dranhänge.«

Daniels größter Wunsch, seinen Wehrdienst bei der Marine zu leisten, war in Erfüllung gegangen. Schon als kleiner Junge hatte er davon geträumt, als Matrose die Weltmeere zu umsegeln, fremde Länder und Kulturen kennen zu lernen. Als es schließlich so weit war und mein einziger Sohn bereits drei Wochen später seine Sachen packen sollte, um erstmals sein Leben allein in die Hand zu nehmen, wurde ich ganz unruhig. Obwohl ich mich natürlich mit ihm freute, war ich gleichzeitig unendlich traurig darüber, dass er nach der Ausbildung monatelang nicht nach Hause kommen würde.

Als mein Mann Heinz und ich nach Berlin zur Abschlussfeier fuhren, bat mein Göttergatte mich inständig, das Thema *Daniel und seine Zukunft* endlich ruhen zu lassen.

»Wann wirst du begreifen«, redete er wieder einmal auf mich ein, »dass unser Sohn erwachsen ist und er nicht ewig an deinem Rockzipfel hängen kann. Lass ihn endlich los. Er hat schon seit zwei Jahren eine eigene Wohnung. Sei froh, wenn er dir überhaupt noch Einblick in sein Leben gewährt.«

Ich war aber nicht froh. Schließlich begann mein Jüngster, sich endgültig von mir abzunabeln. Mir ist keine Mutter bekannt, die dabei gelassen bleiben kann.

Wie jedes Jahr pflegten wir zum sogenannten Zeugnisessen zu gehen. Ab der siebten Klasse hatte uns Daniel abwechselnd zu Burger King oder McDonald's geschleppt, wobei er sich immer so viel Burger hineinschob, dass uns schon vom Zusehen schlecht wurde. Mit zunehmendem Alter verbesserten sich seine Geschmacksknospen, und er begleitete uns in ein Restaurant, um dann Unmengen von Essen in sich hineinzustopfen.

Dieses Mal fuhren wir traditionsgemäß zu unserem Lieblingsitaliener nach Berlin-Buch, wo wir zu der Zeit, als wir noch in Berlin wohnten, fast immer unsere Familienfeiern abhielten. Wir hatten uns in dem gemütlichen Speiselokal einen Tisch bestellt und ließen uns so richtig verwöhnen. Zu vorgerückter Stunde kam Paolo, der Wirt, spendierte uns jedem ein Getränk und stieß mit uns auf Daniels Zukunft an. Es war ein wunderschöner Abend, an dem uns Daniel erstmalig seine Freundin Nadine vorstellte. Sie hatten gemeinsam das Gymnasium besucht. In der Tat kannten sich die zwei Verliebten schon über ein Jahr. Ich wusste davon, weil Daniel ab und zu ein paar Bemerkungen fallen gelassen hatte. Immer wenn ich ihn bat, sie uns vorzustellen, hatte er tausend Ausreden: »Keine Zeit ... wir treffen uns mit Kumpels ... ich will mir erst sicher sein!«

Daniel ließ sich Zeit mit seiner ersten Freundin. Ich fing schon an, mir Sorgen zu machen. Seine gleichaltrigen Freunde protzten mit ihren Eroberungen, und mein Sohn begann mit siebzehn, alle Mädchen, die versuchten mit ihm anzubändeln, zu ignorieren. Daniel ist vom Aussehen her ein Ebenbild seines Vaters. Obwohl Letzterer eher klein geraten ist, zeichnet unseren sportbegeisterten Sohn eine große, athletische Figur aus. Hinter der Brille leuchten braune, sanfte Augen, das schwarze Haar verleiht seinem hübschen Gesicht einen Hauch von Nachdenklichkeit. Daniel ist sehr zurückhaltend, verfügt aber über einen makaberen schwarzen Humor, den er meistens dann einsetzt, wenn er meint, nicht ernst genommen zu werden. Oftmals – kaum dass er nach der Schule seinen Rucksack abgestellt hatte – klingelte das Telefon.

»Mama, wenn Lisa, Mandy oder Cyndi dran sind«, rief er aus seinem Zimmer, »bin ich nicht zu Hause.«

So ging das fast täglich. Ständig klingelte es, aber mein Sohn ließ sich verleugnen. Mir ging diese Lügerei ganz schön auf die Nerven, zumal spätestens nach einer halben Stunde einer der von mir abgewimmelten Teenager vor unserem Hoftor stand.

»Kannst du mir mal begreiflich machen«, fragte ich ihn, als ich wieder einmal für ihn am Telefon schwindeln musste, »warum du nicht selber mit ihnen sprichst oder wenigstens deinen Hintern hochhebst und sie persönlich abwimmelst? Wie stehe ich denn da, ein Muttermonster, das ihren Sohn verteidigt. Bringe doch mal eine deiner Freundinnen mit, dass wir sie kennen lernen können.«

Daniel rollte genervt mit den Augen. »Das sind nicht meine Freundinnen«, giftete er mich an, »ich brauche den Stress mit den Weibern jetzt noch nicht, die kosten nur Geld ... oder willst du mir eventuell das Taschengeld erhöhen?«

Umso erleichterter war ich, als er drei Jahre später verkündete, er habe Nadine zum Abituressen eingeladen. Als ich Nadine das erste Mal an diesem Abend sah, hatte ich sie sofort in mein Herz geschlossen. Ein zierliches, hübsches, bescheidenes Mädchen, das mit ihren siebzehn Jahren sehr verliebt in meinen Sohn war. Irgendwie hatte ich schon immer geahnt, dass mein Kind sich genau so einen Typ von Mädchen aussuchen würde. Erst viel später haben mir beide gestanden, dass die schüchterne Nadine, Daniel auf dem Schulhof angesprochen und nicht eher Ruhe gegeben hätte, bis er endlich seine Telefonnummer rausgerückt hatte. Nadine musterte mich immer von der Seite, als wollte sie erkunden, was für ein Typ Mutter ich bin und ob ich ihr kampflos meinen Sohn überlassen würde.

Am letzten Freitag im Juni klingelte das Telefon. Daniel war am anderen Ende der Leitung. Noch ein paar Tage, dann fing sein Bundeswehreinsatz an. Von Natur aus sehr bequem hatte er bis zum Schluss damit gewartet, die notwendigen Formalitäten zu erledigen. Er hatte es schon immer verstanden, mit einem schelmischen Grinsen zu schmeicheln und gleichzeitig verzweifelt zu klingen.

»Mama«, jammerte er, »ich brauch deine Hilfe. Ich habe noch so viel Schreibkram zu erledigen, ich ersticke bald daran! ... Und wenn du schon kommst, kannst du auch gleich meine Blumentöpfe mitnehmen!«

Ich erschauderte, da ich seine Pflanzen kannte. Vertrocknet und verkümmert sahen sie zum Gotterbarmen aus. Obwohl ich mehrmals in seiner Wohnung war, um seine Blumen zu pflegen, zierte trotzdem nur noch welkes Gestrüpp seine Fensterbretter.

»Meinst du etwa, ich stelle mir deine vergammelten Strunke in meine schönen Blumenfenster«, erwiderte ich entsetzt. Da ich wenig oder besser gesagt keine Hoffnung hatte, jemals wieder Leben in die Pflanzen gehaucht zu bekommen, sträubte ich mich noch etwas. Daniel gab nicht auf. Er kam auf die weiche Tour.

»Mama«, schnurrte er, »du hast doch einen grünen Daumen, die kriegst du wieder hin. Ich vertraue dir. Wenn ich zurück bin, nehme ich mir eine große Wohnung, da brauch ich mir dann wenigstens keine Pflanzen mehr zu kaufen.«

Also fuhr ich nach Berlin, bestellte seine Zeitungen ab, meldete die Miete um, kündigte diverse Abos – die er ohnehin nicht brauchte –, und räumte seinen Kühlschrank und den Froster aus. Anschließend sackte ich seine Pflanzen ein. Zu Hause angekommen versteckte ich seine Kümmerlinge hinter meine üppigen Gewächse im Wohnzimmer und beschloss, einfach neue zu kaufen, wenn er fort war.

Ich konnte es nicht lassen. Da ich wusste, dass Nadine nicht am Bahnhof sein konnte, fuhr ich am 3. Juli, einem Montag, zwei Stunden mit der S-Bahn nach Berlin und wieder zwei Stunden zurück, nur um meinen Sohn in fünf Minuten zu verabschieden. Daniel fuhr nach Bremerhaven, seinem Einsatzort. Natürlich hatte ich ihm nicht gesagt, dass ich zum Zug kommen würde. Schon als kleines Kind hatte er sich nicht von mir in die Schule bringen lassen wollen, da es ihm unangenehm war, wenn ich ihn zum Abschied an mich drückte. Am Tag zuvor besorgte ich noch allerlei Leckereien für seine lange Fahrt. Am Bahnhof Zoologischer Garten kaufte ich noch belegte Brötchen und Cola. Immerhin kenne ich mein Kind. Denkt an alles, nur nicht an Essen. Dabei isst und nascht er für sein Leben gern. Besser ist aber, man präsentiert es ihm einfach. Ich kam gerade noch zur rechten Zeit, als der Zug schon angekündigt wurde. Daniel schien gar nicht überrascht zu sein. Ich glaube, er hatte mit meinem Auftauchen gerechnet. Natürlich freute er sich über das »Fresspaket«. Ich wunderte mich über eine große Röntgenaufnahme, die auf seiner Reisetasche lag, als er in den Zug stieg.

»Mama, jetzt reg dich nicht auf«, versuchte er meine Besorgnis abzuwimmeln. »Du weißt doch, dass ich im vergangenen Jahr eine Meniskusverletzung nach einem Basketballspiel hatte.«

Wusste ich nicht! Sooft hatten wir uns ja nach unserem Wegzug aus Berlin auch nicht mehr gesehen.

»Sicherheitshalber nehm ich die Bilder mit. Wenn ich aufs Schiff will, muss ich topfit sein. Ich sage es lieber vorher, sonst krieg ich Ärger, wenn sie etwas finden.«

Damit hatte er es geschafft, mich zu beunruhigen.

»Warum weiß ich davon nichts?«, zischte ich ihm aufgrund der vielen Menschen um uns herum verhalten zu. Am liebsten hätte ich ihn geschüttelt. War krank und erzählte mir nichts davon.

»Mensch, Mama!«, brummte Daniel, dem es offensichtlich peinlich war, von seiner Mutter so belagert zu werden.

»Jetzt mach dir nicht ins Hemd. Da ist nichts.«

Noch bevor ich ihm weitere Vorhaltungen machen konnte, schlossen sich die Türen des ICE.

Wenngleich ich ein paar Tränen verlor, war mir trotzdem ganz leicht ums Herz. Meine Tochter war verheiratet und auch mein Sohn ging nun eigene Wege. Mutter, was willst du mehr? Als die Rücklichter des Zuges nicht mehr zu sehen waren, rief ich Heinz im Büro an.

»Schatz, was hältst du davon, wenn wir heute Abend schick essen gehen«, flötete ich ins Telefon. Ausgelassen brüllte ich in den Hörer: »Yippie, wir haben es geschafft. Unsere ‚Klette' fährt seinem neuen Leben entgegen. Jetzt sind wir endlich allein. Keine Kinder mehr, die ständig an uns rumzerren!«

Juli 2003: Dunkle Wolken ziehen auf

Mitte Juli besuchten Daniel und Nadine uns das erste Mal gemeinsam. Daniel stellte Nadine auch seinem Vater und Großvater vor, die ebenfalls an diesem Wochenende unsere Gäste waren.

Daniel legte mir am Samstagnachmittag seine erste blaue Uniformhose hin, da die Beine zu lang waren.

»Mama«, wiederholte er immer wieder, als ich die Nähmaschine hervorholte, »mache bloß keinen Fehler, mein Spieß misst nach!«

Des Weiteren brachte er die Unterlagen für seine geplante Vereidigung im August mit. Sofort buchte ich für uns alle telefonisch die Zimmer. Opa, Onkel, Tante, Schwester, zwei Väter und eine überglückliche Mutter, die alle an dem großen Ereignis teilnehmen wollten. Doch zunächst gesellten sich an diesem Wochenende mein Bruder Jens, dessen philippinische Ehefrau Annabel mit gemeinsamer Tochter Lara-May sowie mein zweijähriger Enkelsohn Paul zu uns. Wir grillten und verbrachten einen herrlichen Sommerabend zusammen. Zu diesem Zeitpunkt ahnten wir alle noch nicht, dass es für ein ganzes Jahr unser letztes unbeschwertes Wochenende werden sollte und dass für mich nur zwei Wochen später ein monatelanger Albtraum begann, von dem wir dachten, er würde nie enden.

Wir sind eine Patchwork-Familie. Daniels Vater, mein geschiedener Mann, lebt seit November 1989 in München. Obwohl wir uns nach nur dreijähriger Ehe wieder scheiden ließen, war uns bewusst, dass wir beide für die Kinder Verantwortung tragen. Wir schluckten unsere persönlichen Kränkungen, Peter bezog eine eigene Wohnung und sorgte nach wie vor für uns. Er holte Daniel aus dem Kindergarten ab, brachte beide Kinder zu Bett und bereitete das Essen zu, wenn ich dienstlich verhindert war. Auch zu Peters Vater, Opa Ernst, wie wir ihn alle liebevoll nannten, bestand ein sehr herzliches Verhältnis.

Nach der Scheidung von seinem Sohn sagte er einmal zu mir: »Auch gut, jetzt habe ich keine Schwiegertochter mehr ..., dafür habe ich jetzt eine Tochter.«

Das bin ich bis zu seinem Tod im Juli 2005 auch gewesen. Seine Tochter! Ich vermisse ihn sehr, zumal ich zu meinen Eltern – aus Gründen, die hier in diesem Buch keinen Platz finden – nur sporadischen, telefonischen Kontakt pflege.

Heinz, mein jetziger Ehemann, akzeptierte von Anfang an die enge Bindung zwischen Peter, Daniel und Opa Ernst. Nach unserer Heirat vor siebzehn Jahren wurde mein Ehemann kurzerhand – natürlich rein platonisch – in die Familie meines Exmannes »hineinadoptiert«. Da Heinz' Eltern bereits verstorben sind, war mein Göttergatte mehr als erfreut, wieder einen »Ersatzvater« gefunden zu haben. Opa Ernst, Peter und Heinz bildeten ein eingeschworenes Team. Sie verfolgten gemeinsam Daniels Entwicklung vom Kind bis zum Erwachsenen, teilten sich so manches Bier, hatten aber auch ihre kleinen Eifersüchteleien, wenn es darum ging, in der Gunst des verwöhnten Kindes ganz oben zu stehen. Als Opa und Peter damit anfingen, Daniel bei ihren Besuchen bei uns zwischendurch kleine finanzielle Hebelchen zuzustecken, erhöhte Heinz kurzerhand das Taschengeld seines Ziehsohnes. Doch als Peter darauf bestand, seinem damals achtzehnjährigen Sohn allein die Fahrschule zu bezahlen, sah ich mich zum Eingreifen gezwungen.

»Wenn du das tust«, drohte ich unnachgiebig, »brauchst du dich in meiner Familie nicht mehr blicken zu lassen. Dein Sohn ist alt genug, er kann sich in den Ferien etwas dazuverdienen, den Restbetrag teilen wir durch drei!«

Am Sonntagmorgen war bei uns alles in Aufruhr. Opa hatte gerade, als er sich zu vorgerückter Stunde ins Bett legen wollte, einen Zuckerschock erlitten und war schwer gestürzt. Dabei brach er sich den Oberschenkel. Obwohl er starke Schmerzen hatte, hielt er bis zum frühen Morgen tapfer durch. Erst dann kam Peter, der mit seinem Vater im Wohnzimmer geschlafen hatte, zu mir.

»Komm mal mit«, sagte er ganz betreten, »mit Opa stimmt etwas nicht.«

Plötzlich waren alle ganz aufgeregt und verließen sich auf Muttern. Als Erstes verständigte ich einen Notarzt, bereitete zwischendurch das Frühstück für Paulchen, der wegen seiner allergischen Erkrankung spezielle Nahrung benötigt, beruhigte den eingeschnappten Hund – schließlich kümmerte sich keiner um ihn – und versuchte ständig meinen Enkel davon abzuhalten, den Hund zu ärgern. Der Stress sollte jedoch erst richtig anfangen, als es darum ging, Ernst in ein Krankenhaus einzuweisen. Opa kommt aus Premnitz, sein Sohn aus München, wir wohnen in Altlandsberg. Berlin liegt zwar praktisch vor unserer Haustür, nur etwa zwanzig Minuten mit dem Auto entfernt, aber Ernst wollte nicht nach Berlin. Wohin jetzt mit ihm, in welches Krankenhaus? Er kam nach Strausberg bei Berlin, das von Altlandsberg nur fünfzehn Kilometer entfernt liegt.

Am späten Nachmittag – Peter befand sich noch im Krankenhaus bei seinem Vater – brachte Heinz, Daniel und Nadine zurück nach Berlin.

»Hast du gewusst, dass Daniel in Berlin bleibt«, fragte er mich, als er zurück war, »weil er sich im Bundeswehrkrankenhaus untersuchen lässt?«

Vage erinnerte ich mich, dass Daniel beim Frühstück angedeutet hatte, dass er zur Untersuchung müsse. Wegen der Hektik um Opa hatte ich aber nicht weiter nachgefragt. Ich machte mir keine weiteren Gedanken, weil zu allem Unglück auch noch unser Hund Billy nach Paulchen schnappte und ich damit beschäftigt war, Enkelkind und Hund zu beruhigen.

»Ist doch klar, dass nur die Gesunden aufs Schiff kommen«, erwiderte ich sorglos, »da ist es doch ganz natürlich, wenn er nochmals in Berlin gründlich untersucht wird.«

Eine Woche später, am Samstag, fuhren wir zu Opas siebzigsten Geburtstag ins Krankenhaus Strausberg. Seine Söhne mit Kindern und weiteren Enkelkindern kamen aus Brandenburg, Rathenow und wir aus Altlandsberg. Da Peter noch Urlaub hatte, brauchte er erst am Sonntag zurück nach München zu fahren. Wir schoben Opa im Rollstuhl durch den sonnendurchfluteten Park, suchten uns einen großen Schatten spendenden Baum, stellten Bänke und Tische zu einem Kreis zusammen, schoben Ernst in die Mitte und ließen uns unseren selbstgebackenen Kuchen schmecken.

Den Kaffee – sorgsam zu Hause in Thermoskannen abgefüllt – sowie Säfte und Wasser tranken wir aus weißen Plastikbechern. Alle waren ausgelassen und fröhlich, nur Daniel hielt sich abseits, ich konnte ihm ansehen, dass ihn etwas sehr bedrückte. Nachdem ich ihn eine Weile beobachtet hatte, stand ich schließlich auf und ging auf ihn zu.

»Komm Kind«, alberte ich, »lass uns flanieren gehen!«

Ich wollte meinen Sohn aufheitern, weil ich davon ausging, dass Nadines Abwesenheit ihn traurig stimmte. Ich hakte mich bei ihm unter und steuerte eine im Schatten stehende Parkbank an.

»Erzähl, bist du sehr enttäuscht, dass Nadine nicht dabei ist?«, erkundigte ich mich. »Es war ihre Entscheidung nicht mitzukommen. Das solltest du akzeptieren.« Da Daniel nicht reagierte, redete ich weiter. »Nächstes Jahr feiern wir wie alle normalen Menschen Opas Geburtstag zu Hause. Versprochen!«

Daniel antwortete immer noch nicht, blieb stattdessen stehen und fing an, die Spaziergänger im Park zu beobachten. Es war unerträglich heiß, im Autoradio hatten sie zweiunddreißig Grad gemeldet. Ich wollte so schnell wie

16

möglich in den Schatten. Zielgerichtet lief ich auf die Bank zu.

»Komm«, rief ich ihm über die Schulter zu, »wir setzen uns einen Moment, bevor wir zur Meute zurückkehren!«

Meine geschwollenen Füße schmerzten; immerhin hatte ich einen Acht-Stunden-Dienst hinter mir, wovon ich wenigstens sechs Stunden nur gelaufen war. Wenn ich schon als Altenpflegerin bei der Arbeit bequeme Gesundheitsschuhe tragen muss, verzichte ich in meiner Freizeit ungern auf schicke Schuhe.

»Schmerz, lass nach!«, stöhnte ich laut. Erleichtert setzte ich mich, beugte mich vor und betrachtete meine Füße. Die weißen Riemchen der hochhackigen Sandalette schnürten meine geschundene Zehe wie eine Presswurst ein. »Das hast du nun davon«, fluchte ich leise vor mich hin, »pommersche Beene in Pariser Schuhen!«

Daniel stand immer noch unbeweglich auf demselben Fleck.

»Mama, gibt es bei uns in der Familie Krebs?«, hörte ich ihn plötzlich ganz ruhig fragen.

Verblüfft schaute ich ihn an. »Nicht, dass ich wüsste«, ulkte ich, ohne nachzudenken. »Eventuell werde ich wegen meiner Raucherei einmal an Lungenkrebs sterben, aber bis dahin habe ich ja hoffentlich noch etwas Zeit.«

Ganz vage fiel mir meine Großmutter väterlicherseits ein, die in den sechziger Jahren an Unterleibskrebs gestorben war. Ich schob den Gedanken jedoch von mir, da ich sie persönlich nie kennen gelernt hatte. Sie wohnte damals im westlichen Teil der Bundesrepublik Deutschlands, wir in Mecklenburg. Nur an ihre duftenden Weihnachtspakete, voll gepackt mit Schokolade und anderen Köstlichkeiten, konnte ich mich noch erinnern. Ich war etwa acht Jahre alt, als die Pakete nicht mehr kamen.

Daniel bohrte weiter: »Aber du hattest doch schon mal einen Tumor.«

Ich seufzte, massierte mir meine dicken Fußknöchel und witzelte noch immer: »Kind, das war nur ein halber, gutartiger. Den haben sie mir rausgeschnippelt und weggeschmissen. Da war nichts.«

Plötzlich wurde ich hellhörig. Schlagartig fiel mir seine am Donnerstag stattgefundene Untersuchung im Bundeswehrkrankenhaus Berlin Mitte ein. Da ich die ganze Woche Dienst gehabt hatte, war mir der Termin entfallen. Daniel hatte auch nicht zum Telefon gegriffen, also warum sich Gedanken machen? Ich erhob mich von der Bank. Die Schmerzen in den Beinen waren augenblicklich verschwunden, als ich auf meinen Sohn zuging. Plötzlich hatte ich ein flaues Gefühl im Magen.

»Warum fragst du? Gibt es einen Grund dafür?«

Daniel wich meinem prüfenden Blick aus.

»Nö, eigentlich nicht«, bemühte er sich um einen gleichgültigen Ton. »Ich muss in der nächsten Woche zur Biopsie in die Robert-Rössle-Klinik. Die haben was an meinem linken Bein gefunden, das muss untersucht werden.«

Ich begriff immer noch nicht. »Wer hat was gefunden?«

Mein Sohn schaute mich nicht an, als er weitersprach: »Ich hatte in Bremerhaven meine Untersuchung für die Grundausbildung und hatte meine Röntgenbilder dabei. Irgendwas haben sie da festgestellt, deshalb haben sie mich nach Berlin ins Bundeswehrkrankenhaus überwiesen. Und nun soll ich in die Rössel-Klinik zur Biopsie.«

Ungläubig schaute ich ihn an. Ich versuchte seine Worte zu verstehen. »Warum denn die Rössel-Klinik, das ist doch eine Krebsklinik. Bist du dir sicher, dass du da hinmusst?«

Trotz der Hitze lief mir ein Kälteschauer über den Rücken. Ich begann zu frieren.

Daniel winkte ab: »Mama, jetzt bleib cool. Die Ärzte im Bundeswehrkrankenhaus haben gesagt, dass ich mich in dieser Klinik untersuchen lassen soll, weil es dort genauere Diagnosemöglichkeiten gibt«, fuhr er ganz gelassen fort. »Ich gehe da am Donnerstag hin und dann sehen wir weiter.«

Ich hielt ihn am Arm fest. »Welche Diagnose«, fragte ich, »was verschweigst du mir, was muss ich wissen?«

Daniel schüttelte meinen Arm ab.

»Mama, du nervst!«, fuhr er mich an. »Kannst du nicht einfach die Untersuchung abwarten? Ich weiß doch auch nicht mehr.«

Er ließ mich einfach stehen, ging zu den anderen zurück und lachte einen Moment später mit seinen Cousinen, während ich mit einem unguten Gefühl zurückblieb. Dann winkte ich unauffällig meinem geschiedenen Mann zu und verschwand hinter einem großen Baum. Peter folgte mir. Unruhig lief ich ihm entgegen.

»Hast du mit Daniel gesprochen, hat er dir etwas über die Untersuchung gesagt?«

»Mach dir keine Gedanken, es ist alles in Ordnung, du kennst doch unseren Sohn, der kriegt doch nie den Mund auf«, erwiderte Peter, hielt aber den Blick gesenkt. Obwohl er sich Mühe gab, betont gelassen zu klingen, bemerkte ich seinen Versuch, einem Gespräch mit mir auszuweichen. Wenn wir auch nur drei Jahre verheiratet waren, konnte ich ihn immer besser einschätzen als er sich selbst. Schließlich kannten wir uns seit meinem vierzehnten Lebensjahr. Peters Augen sind für mich genau wie die unseres Sohnes ein offenes Buch. Schon immer konnte ich, sehr zum Ärgernis der beiden, wunderbar darin lesen. Vater und Sohn sind von einem Schlag. Sie können schlecht Lügen. Ihr »sprechendes« Antlitz verrät sie. Außerdem können sie, wenn sie es darauf anlegen, sehr schweigsam sein. Argwöhnisch schaute ich meinen Exmann an.

»Genau das ist ja mein Problem«, wurde ich etwas lauter. »Ihr bekommt beide den Mund nicht auf. Warum werde ich das Gefühl nicht los, dass ihr zwei mir die Wahrheit verschweigt?«

Peter schnaufte. Er hatte es noch nie leiden können, wenn ich versuchte, ihn unter Druck zu setzen.

»Nun warte einfach die Biopsie ab und mach nicht vorher alle Pferde scheu. Er wird sich schon bei dir melden, wenn etwas nicht in Ordnung ist.«

Ich gab es auf. Peter hat sicherlich Recht, dachte ich kei-

19

nesfalls restlos besänftigt. Aber wozu vorher Stress machen, überlegte ich mir. Mir fiel meine eigene Gewebeentnahme an der Schilddrüse vor zwei Jahren ein. Nur ein kleiner Pikser, ohne Betäubung und Beruhigungsmittel. Ich ging ganz gelassen hin – noch gelassener war ich allerdings, als nichts festgestellt werden konnte. Ich bekam Tabletten und alles war in Ordnung. So wird es bei Daniel auch sein, versuchte ich mich zu beruhigen.

MEIN SOHN HAT KNOCHENKREBS

Am 24. Juli, einem Donnerstag, fand gegen Mittag Daniels Biopsietermin statt. Den ganzen Vormittag lang gelang es mir recht gut, meine nervöse Unruhe in den Griff zu bekommen. Ich lief von Zimmer zu Zimmer und kümmerte mich wie sonst auch um die Belange der Bewohner des Seniorenstifts, in dem ich arbeite. Meine Arbeit füllte mich dermaßen aus, dass mir keine Zeit blieb, an meinen Sohn zu denken. Erst gegen fünfzehn Uhr, als ich mich auf der Autobahn Richtung Berlin befand, beschlich mich wieder ein mulmiges Gefühl. Obwohl es brüllend heiß war, fror ich in meinem Auto. Zu allem Übel meldete sich mein überreizter Magen. Immer wenn ich in Schwierigkeiten stecke oder ungelöste Probleme vor mich herschiebe, bekomme ich unerträgliche Magenschmerzen. Ich negierte den inneren Quälgeist und konzentrierte mich stattdessen auf die Fahrt. Zwanzig Minuten später stellte ich meinen Wagen auf dem Parkplatz unmittelbar neben der Klinik ab. Nur flüchtig warf ich einen Blick auf die wehenden Fahnen mit dem Logo HELIOS Klinikum Berlin-Buch. Ich wusste auch so, dass es sich hier um eine Spezialklinik für die Behandlung von Tumorpatienten handelt. Immerhin hatten wir bis zum Jahr 2001 fast fünfzehn Jahre in diesem Stadtteil Berlins gewohnt. Genau deshalb wurde ich seit dem Gespräch mit Daniel am letzten Samstag meine innere Anspannung nicht mehr los.

An der Anmeldung gleich links neben dem kleinen Zeitungsladen erfragte ich die Etage und die Zimmernummer meines Sohnes. Es war das zweite Stockwerk. Ich lief einen endlos langen Gang entlang, während meine Schritte auf dem fast menschenleeren Flur widerhallten. Rechts befanden sich Warteräume mit gläsernen Türen, auf beiden Seiten die dazugehörigen Behandlungszimmer. Am Ende des Flures blieb ich stehen. Ich befand mich offensichtlich in einer Art Besucherfoyer. Hinter großen Blumen verborgen standen Tische und Stühle. Nun musste ich mich entscheiden. Fahrstuhl links oder Treppe rechts. Um Zeit zu gewinnen, nahm ich die Treppe. Ich hatte schlichtweg Angst, meinem Sohn gegenüberzutreten. Was würde mich erwarten?

Im ersten Stock bleib ich schnaufend im Foyer stehen. Wegen der Hitze lief mir der Schweiß den Rücken hinunter. Auch hier standen große Pflanzen sowie Tische, Stühle und ein Kaffeeautomat. Verblüfft fiel mein Blick auf ein Klavier in einer größeren Nische zwischen dem Fahrstuhl und einer Krankenstation mir gegenüber.

Tolles Dekorationsstück, dachte ich und schlich weiter in den zweiten Stock. Daniel lag auf Station 1b, ganz hinten, direkt neben der Flügeltür zwischen Dienst- und Krankenzimmern. Vor der Tür blieb ich einen Moment stehen, ehe ich die Schulter straffte und entschlossen die Klinke drückte. Es handelte sich um ein Vierbettzimmer, wobei Daniel direkt an der Tür lag. Er war gerade aus der Narkose erwacht. Benommen und unsicher begrüßte er mich, indem er schwach eine Hand hob.

»Na, Muttern«, krächzte er.

Vollkommen schockiert blieb ich am Fußende stehen und starrte auf den Oberkörper meines Sohnes, der mit roter Sepsistinktur eingepinselt war. Unter der rechten Schulter klebte ein großes, weißes Pflaster. Entsetzt dachte ich: Warum ist sein Oberkörper septisch versorgt worden, wenn nur am Fuß Gewebe entnommen werden sollte? Am Bettgestell hing ein Sekretsack, dessen Schlauch unter der Bettdecke verschwand. Ohne auf die klägliche Begrüßung meines Kindes einzugehen, hob ich die Decke an und starrte auf ein vollkommen eingewickeltes Bein. Gerade als ich ihn fragen wollte, was das alles zu bedeuten hätte, betrat eine Schwester das Zimmer und kam auf mich zu.

»Sind Sie die Mutter?«

Ich nickte wortlos.

»Der Oberarzt möchte mit Ihnen reden, das kann aber noch eine Weile dauern, er wird Ihnen auch alle weiteren Fragen beantworten.«

Bevor ich den Mund überhaupt aufmachen konnte, war sie auch schon wieder verschwunden. Erschüttert setze ich mich neben das Bett meines Sohnes, der schon wieder eingedöst war. Obwohl die Fenster weit offen standen, stand eine unerträgliche Hitze in dem Zimmer. Beklommen schaute ich mich um. Gleich neben Daniel lag ein junger kahlköpfiger Mann, dessen ausgemergeltes Gesicht mir Furcht einflößte. Er hatte Kopfhörer auf und schaute desinteressiert zum Fernseher, der ihm gegenüber oben an der Wand hing. Es fiel mir schwer, sein Alter zu schätzen, ich tippte auf Mitte zwanzig. Das andere Bett auf der anderen Seite war zerwühlt und im Moment unbesetzt. Angst schnürte mir die Kehle zu. Da Daniel schlief, stand ich abrupt auf und ging durch die geöffnete Terrassentür auf den großen Balkon, der sich ohne Unterbrechung um die ganze Fensterfront am Gebäude schlängelte. Kurz bevor ich in die gleißende Sonne hinaustrat, blieb mein flüchtiger Blick an den Infusionsständern neben den Betten hängen. Ich war entsetzt, weil Daniel offensichtlich in einem Zimmer untergebracht war, indem Krebspatienten lagen. Es sollte doch nur etwas Gewebe entnommen werden? Das hätte man doch auch ambulant erledigen können?

Ich setzte mich an den Tisch und schaute in den weit ausladenden Park vor mir. Da man die Außenjalousie am ganzen rückwärtigen Gebäude herabgelassen hatte, konnte ich wenigstens im Schatten sitzen. Sämtliche Fenster standen wegen der Hitze offen, sodass ich guten Einblick in das Innere der anderen Räume hatte. Ab und zu warf ich durch die geöffneten Fenster einen Blick auf meinen schlafenden Sohn, wobei ich die wissenden Blicke der Patienten in den

Zimmern rechts und links von mir ignorierte. Genauso wenig wollte ich Notiz von den wimpernlosen Frauen mit ihren gewickelten Kopftüchern oder von den Patienten auf dem Balkon nehmen, jeder einen Infusionsständer neben sich. Mein Kopf war leer. Ich dachte an gar nichts und versuchte die dunkle Ahnung, die langsam in mir hochkroch, abzuschütteln. Ich schaltete meinen Verstand aus und begann, mich mit Nichtigkeiten zu beschäftigen. Ich beobachtete eine langsam segelnde Taube, die sich gemächlich auf der Erde niederließ, um nach Futter zu suchen.

Nach einer langen Weile stand ich auf, ging ins Zimmer zurück, betrat das innenliegende WC, tränkte ein Taschentuch mit kaltem Wasser und wischte meinem Sohn über das schweißnasse Gesicht. Alles lief mechanisch ab wie bei einer aufgezogenen Puppe. Mein Kopf war immer noch wie ausgehöhlt. Das Warten auf den Oberarzt wurde zur Qual. Ständig schaute ich zur Uhr. Als Nadine am späten Nachmittag kam, saß ich in der Sonne und ließ mir das Gesicht bräunen. Daniel wurde kurz wach, schlief aber gleich wieder ein. Mein Körper war wie ein Flitzbogen gespannt. Solange ich allein war, hatte ich mich unter Kontrolle, aber jetzt, als Daniels Freundin da war, hatte ich Mühe, nicht einfach loszuweinen. Die Ungewissheit lähmte mich fast. Ich sah die Furcht auch in Nadines Augen und fing an, mit ihr über Belanglosigkeiten zu reden. Ich weigerte mich, ihr einzugestehen, dass ich, je mehr Zeit verging, immer größere Angst bekam. Nadine war so unruhig, dass ich jeden Moment glaubte, sie würde ausflippen. Sie lief ständig vom Balkon ins Zimmer, schaute auf ihren schlafenden Freund, drehte sich um ... und lief wieder los. Ich konnte richtiggehend froh darüber sein, dass ihre Schüchternheit es ihr verbat, mir Fragen zu stellen.

Am frühen Abend betraten zeitgleich mit meinem Mann fünf Ärzte das Zimmer.

Daniel wurde wach. Nun saß er aufrecht, von Kissen gestützt, in seinem Bett, die braunen Augen schwarz vor Angst. Ich stand am Kopfende des Bettes, Nadine auf der anderen Seite, Heinz am Fußende. Es ging alles ganz schnell. Die Ärzte bauten sich um das Bett auf. Ich hatte Herzklopfen, mein Magen befand sich im Dauerstress. Flüchtig sah ich in die ernsthaft blickenden Gesichter. Wie die fünf Weisen aus dem Morgenland, dachte ich.

»Sind Sie die Eltern?«

Aha, das ist der Oberarzt, vermutete ich. Er stellte sich und die anderen Ärzte vor. Ich lag richtig.

»Ja.«

Gespannt schaute ich auf seinen Mund. Meine Ohren begannen zu pfeifen. Ich ignorierte es.

»Ohne lange drum herumzureden, muss ich ihnen mitteilen, dass die Biopsie ergeben hat, dass ihr Sohn ein periostales Osteosarkom hat. Wir werden ihn nach Absprache mit den Ärzten bei der Bundeswehr bei uns aufnehmen und hier behandeln. Wir sind ein Forschungskrankenhaus, ihr Sohn wird an unserem Programm teilnehmen. Er wird eine hochdosierte Chemotherapie bekommen ...«

Unhöflich fiel ich dem Arzt ins Wort, da seine wohlgeformten Worte mit den unverständlichen medizinischen Begriffen an meinen Ohren vorbeigeflogen waren.

»Wovon reden Sie? Ich verstehe kein Wort. Was ist ein Osteosarkom und weshalb Chemotherapie?«

»Ihr Sohn hat Knochenkrebs!«

Stille. Absolute Stille. Keiner sagte etwas. Mein Mann räusperte sich. Ich kenne sein Räuspern und schaute ihn nur flüchtig an. Nadine schlug sich die Hand vor den Mund und erstarrte, ehe sie laut schluchzend auf den Balkon lief. Ich fühlte gar nichts, nur das Rauschen in meinen Ohren nahm zu. Mein Blick blieb am Mund des Oberarztes hängen. Wir schwiegen und schauten. Schauten und schwiegen. Irgendwann ertrug ich die Stille nicht mehr. Automatisch nahm ich meinem Sohn das Kopfkissen weg und fing an, es zu bearbeiten. Nachdem ich es mit ein paar Schlägen geglättet hatte, schob ich es ihm wieder unter, um mich daran festzuhalten.

Ich hatte nichts begriffen. Ich wollte nichts begreifen.

»Wieso Krebs, das können Sie doch von einer Untersuchung gar nicht wissen?« In mir tobten tausend Gefühle, ich weigerte mich schlichtweg, das soeben Gehörte aufzunehmen. Deshalb wurde ich wütend. Die spinnen doch, dachte ich. Die irren sich! Ohne auf die Worte des Arztes einzugehen, fuhr ich mit schneidendem Ton fort: »Was haben Sie mit ihm gemacht? Weshalb ist er so eingepinselt, was soll der Verband an seinem Oberkörper, Sie wollten doch nur etwas Gewebe am Bein entnehmen?«

»Mama ...!« Daniel versucht meine Hand festzuhalten. Ich übersah es absichtlich und zog sie weg.

Ein anderer Arzt ergriff das Wort. Er versuchte ruhig zu bleiben, mit meiner hilflosen Wut gelassen umzugehen.

»Das ist ein Port, den wir ihm während der Operation gelegt haben. Wir haben gleich erkannt, dass es bösartig ist und mussten handeln. Es erleichtert ihren Sohn den Aufenthalt und uns die Arbeit, wenn er die Infusionen durch diesen Zugang erhält.«

Ich funkelte den Arzt böse an. Ich hasste ihn, zwang mich, meine Fäuste zusammenzupressen. Am liebsten hätte ich ihn geschlagen.

Steht da und erklärt mir, dass die Chemotherapie durch den Port halb so schlimm ist, wütete es in mir. Nur mühsam konnte ich meinen Zorn hinunterschlucken. Noch einen Satz und ich kratze dir die Augen aus, nahm ich mir vor. Ich war wie vor den Kopf gestoßen, konnte keinen klaren Gedanken mehr fassen. Erneut ging ich auf das soeben Gehörte nicht ein.

»Aber Chemotherapie heißt doch, dass er keine Kinder mehr zeugen kann«, sprudelte es stattdessen aus mir heraus. »Kann mein Sohn hier in der Klinik eine Samenspende machen?«

Die fünf Ärzte schauen mich an, als hätte ich den Verstand verloren.

Innerlich verspürte ich Erleichterung, während ich sie lauernd beobachtete. Jetzt seid ihr sprachlos was?, musste ich schadenfroh denken. Ich war am Zug, wollte ihnen unbedingt beweisen, dass ich Bescheid wusste, dass ich ihnen nicht einfach kampflos mein Kind überlassen würde. Eine zierliche, müde blickende Ärztin aus dem Tross schaute mich mitleidig an.

»Darüber reden wir später. Erst besprechen wir die Behandlungsform Ihres Sohnes. Es gibt sicherlich einen Weg, um ihm zu helfen, aber unsere Studien zeigen, dass es nicht sicher ist, ob er zeugungsunfähig wird.«

Ich keuchte und musste an mich halten, um nicht loszubrüllen. »Was interessieren mich Ihre Studien«, herrschte ich sie an, »Sie reden von hoch dosierter Chemotherapie und wollen mir erzählen, dass er danach noch zeugungsfähig ist?«

»Mama! Jetzt lass doch mal!«

Mein Sohn war genervt. Ich drehte mich zu ihm.

»Aber Daniel, ich ...«

»Mama!«

Ich verstummte und schluckte den Kloß runter, der immerzu in mir auf und ab hüpfte. Als Heinz auf mich zukam, um mich vom Bett meines Sohnes wegzuziehen, schlug ich ihm auf dem Arm.

»Lass mich los!«

Ungeduldig bat uns der Oberarzt, das Zimmer zu verlassen.

»Wir reden jetzt noch mit Ihrem Sohn, wenn Sie Fragen haben, können Sie mich jederzeit ansprechen.«

Ich sah zu Daniel, der mich ängstlich und ungläubig anschaute. Ich blieb stehen. Heinz zog mich mit sanfter Gewalt aus dem schmalen Gang zwischen den beiden Betten hervor. Seine schützenden Arme hielten mich fest, seine Wärme und sein Geruch umfingen mich. Ich versuchte ihn wegzustoßen. Es gelang mir nicht.

ANGST

Wir blieben noch drei Stunden im Krankenhaus. Daniel schwieg und sah schockiert aus, während Nadine gar nicht mehr aufhören konnte zu weinen. Gern hätte ich sie getröstet. Aber wie? Ich brauchte selbst Trost. Heinz saß wie abwesend auf seinem Stuhl, blickte nach draußen und wischte sich verstohlen immer wieder ein paar Tränen aus den Augenwinkeln. Ich kämpfte zwar auch mit meinen Gefühlen, verbat es mir aber zu klagen. Nachdem ich eine Weile allein auf dem Balkon gesessen hatte, regte sich mein Kampfgeist. Obwohl ich unter Schock stand und immer noch nicht fassen konnte, was uns die Ärzte mitgeteilt hatten, fing ich trotzdem an zu überlegen, was nun als Erstes zu tun sei.

Zuerst Wäsche aus der Wohnung meines Sohnes holen. Ironie des Schicksals. Mein Kind wohnte nur einen Häuserblock entfernt von der Klinik, denn als wir vor vier Jahren beschlossen hatten, aus Berlin-Buch wegzuziehen, wollte Daniel nicht mitkommen. Ausnahmsweise konnte ich ihn sogar verstehen. Wir waren aus der Großstadt geflüchtet, um am Rande von Berlin ein kleines Häuschen zu beziehen. In Daniels Augen ein Kaff, nichts für Teenies. Dani ist in Berlin geboren, dort fühlt er sich wohl, dort hat er seine Freunde. Bevor wir umzogen, gingen wir gemeinsam auf Wohnungssuche. Bis zu unserem Umzug blieb noch etwas Zeit, Daniel sollte so die Möglichkeit erhalten, frühzeitig allein zurechtzukommen. Weiterhin stand es ihm natürlich nach wie vor frei, nach Hause kommen zu können, wenn er Probleme hatte. Sehr schnell fanden wir eine kleine, bezahlbare Wohnung im Lindenberger Weg, gegenüber der Rössel-Klinik.

Fünfunddreißig Quadratmeter, Küche, Bad, zwei kleine Zimmer, Balkon über die gesamte Wohnfläche. Die Miete stellte kein Problem dar: Er erhielt Unterhalt von seinem Vater, staatliches Kindergeld, von uns noch etwas Taschengeld, später ging er neben der Schule jobben. Mit viel Eifer richteten wir ihm sein neues Heim her. Anfangs fiel es ihm schwer, allein zu bleiben. Aber bald schon merkte er, wie schön es ist, unabhängig zu sein, zumal ihn keiner mehr ständig aufforderte, sein Zimmer aufzuräumen. Daniel behielt einen Hausschlüssel, ich wusch seine Wäsche und kochte weiterhin für ihn mit.

Die erste Zeit habe ich mir fast jede Nacht die Augen aus dem Kopf geheult. Einerseits war ich froh, dass er so gut zurechtkam, andererseits machte ich mir bittere Vorwürfe, ihn aus dem »Nest« gestoßen zu haben.

Heinz tröstete mich nicht nur einmal: »Unsere Entscheidung war richtig, er ist erwachsen, er kommt schon klar. Außerdem wohnt er doch nur zehn Minuten entfernt, du hast einen Wohnungsschlüssel, was willst du mehr. Sei doch froh, jetzt hast du nur noch Billy zu versorgen.«

Manchmal verstand ich meinen Mann nicht. Na ja, ich wollte ihn nicht verstehen.

Als wir uns verabschiedeten, sah Daniel gefasster aus. Nadine blieb noch. Aus dem Auto heraus rief ich bei Peter an. Ich hielt mich nicht erst lange bei der Vorrede auf: »Dein Sohn hat Knochenkrebs, und ich habe jetzt überhaupt keinen Nerv, mit dir zu reden. Wir fahren nach Hause, dann kannst du anrufen!«

Anschließend rief ich meine Tochter Lisa an. Auch ihr sagte ich nur das Notwendigste. Ich würgte das Gespräch einfach ab.

Zu Hause angekommen setzte ich mich auf die Terrasse und blickte in die untergehende Sonne. Ich fühlte nichts. Mein Kopf war immer noch leer. Ich saß da und wünschte mir, dass die Erde aufgehen und mich verschlucken sollte. Ich wollte das alles nicht. Nicht noch einmal. So viel Angst und noch mehr Qualen. Heinz war vor fünf Jahren an Nierenkrebs erkrankt. Noch einmal diese Ohnmacht, diesen allgegenwärtigen Schmerz? Nicht mit mir! Nie wieder! Heinz ließ mich mit meinen Gedanken allein. Aus dem Haus heraus hörte ich das Telefon, doch ich reagierte nicht. Als Heinz in der Tür stand, schüttelte ich den Kopf.

»Es ist Peter!«

»Rede du mit ihm, ich kann nicht.«

Eine halbe Stunde später rief meine Tochter an. Ich schleppte mich zum Telefon und sprach nur ganz kurz mit ihr. Dann setzte ich mich wieder auf die Terrasse. Irgendwann, es war schon dunkel, stellte Heinz belegte Brote vor mich hin. Mein Mann macht ausgezeichnete Schnittchen.

»Du musst etwas essen!«, flehte er mich an.

»Lass mich in Ruhe, wie kann ich denn jetzt nur an Essen denken?«, fauchte ich ihn an.

Kurze Zeit später stellte er mir einen doppelten Kognak hin.

»Trink.«

Ich trank. Noch während das Getränk meine Därme berührte, fing ich an zu schluchzen. Endlich kamen die erlösenden Tränen. Ich weinte und weinte. Noch nie in meinem Leben habe ich so viel geheult, nicht einmal als Heinz so krank war. Aber jetzt weinte ich um mein Kind. Der innere Schmerz drohte mich zu zerreißen. Immer wenn ich aufhören wollte, kam ein neuer Schub. So sehr ich mich auch bemühte aufzuhören, es gelang mir nicht. Unser Hund Billy, unser treuer Gefährte, legte sich zu meinen Füßen und schnaufte von Zeit zu Zeit mit mir mit, als spürte er, dass sein Spielkamerad todkrank war.

Hoffnungslosigkeit

Heinz und ich saßen die ganze Nacht im Freien und redeten. Ich weigerte mich, unser Haus zu betreten. Dort wollte ich nicht hinein, wo alles so normal war; obwohl ich längst wusste, dass unser bisheriges Leben am Nachmittag wie ein Kartenhaus in sich zusammengefallen war. Ich weinte immer noch, stellte mir unsere Zukunft vor und hatte unbeschreibliche Angst – lähmende Angst davor, mein Kind zu verlieren. Gegen zwei Uhr morgens zwang Heinz mich ins Bett zu gehen.

»Wir müssen früh raus, du brauchst Schlaf, ich auch.«

Müdigkeit und Hilflosigkeit ließen sein Gesicht grau und eingefallen erscheinen. Ich legte mich hin und stand bereits um halb fünf wieder auf, weil ich zum Dienst musste. Ich hätte auch gleich aufbleiben können, da ich ohnehin keinen Schlaf gefunden hatte. Es wurde ein schlimmer Arbeitstag. Trotzdem war ich froh darüber, Beschäftigung zu haben. Ich funktionierte. Meine Kolleginnen fragten zwar, was los sei, doch ich gab ihnen nur eine kurze Antwort und fing mit der Arbeit an. Die alten, hilfsbedürftigen Menschen des Pflegeheims, in dem ich arbeitete, ließen mich zeitweise vergessen, dass mein Sohn im Krankenhaus lag, der nicht im Geringsten ahnte, was alles noch auf ihn zukommen sollte. Gegen Mittag brach ich völlig erschöpft und weinend beim Waschen einer Bewohnerin über ihrem Bett zusammen. Die kranke, alte Dame legte ihre Hände auf meinen Kopf und tröstete mich, so gut sie konnte.

Nach Dienstschluss setzte ich mich ins Auto und fuhr zum Krankenhaus. Obwohl ich nicht geschlafen hatte, war ich hellwach. Ich hielt als Erstes an Daniels Wohnung und packte ein paar Sachen ein. Noch während des Packens beschloss ich, ihm »vernünftige Sachen« zu kaufen. Peter hatte ihm zum Abiturzeugnis eine Waschmaschine gekauft, dementsprechend sahen die Sachen auch aus. Weiße Wäsche fand ich keine mehr. Einst weiße Nickis und Socken hatten sich in graue Ungetüme verwandelt. Die Handtücher, noch Besitztümer aus meiner Zeit, und von mir über Jahre sorgsam gepflegt, sahen ähnlich aus.

Ein sehr deprimierter Daniel erwartete mich und weigerte sich, mit mir zu sprechen. Er lag im Bett und starrte aus dem Fenster, während Nadine an seiner Seite saß und seine Hand hielt. Ich versuchte erst gar nicht, ihn aufzuheitern. So leise wie möglich machte ich mich daran, die Sachen in den Schrank zu packen. Danach nahm ich mir einen Stuhl und setzte mich auf die andere Seite des Bettes. Schweigend sahen wir uns an. Es war wie früher. Wir brauchten nicht miteinander zu reden, wir verstanden uns auch ohne Worte. Ich konnte seinen Augen ablesen, was und wie er sich fühlte.

Schon von klein auf war Daniel ein sehr stilles Kind gewesen. Mein Sorgenkind sozusagen, denn im Gegensatz zu seiner sechs Jahre älteren Schwester war er viel krank und sehr auf mich fixiert. Da ich schon immer Volltags gearbeitet habe und ab seinem dritten Lebensjahr allein für beide Kinder sorgen musste, befand ich mich als junge Mutter im Dauerstress. Oft war er erkältet und reagierte mit hohem Fieber auf seinen notwendigen Kindergartenaufenthalt. Ihm wurden bereits mit zwei Jahren die Mandeln entfernt, da sie durch die ständigen Infekte förmlich zerlöchert waren. Ich ging eine Woche arbeiten und blieb dann drei Wochen zu Hause, immer schön im Wechsel. Eine ältere Arbeitskollegin fragte mich einmal ganz bissig, ob ich mein Kind im Regen auf dem Balkon schlafen lassen würde, weil er so oft krank war. Daniel wurde ein richtiges

»Schoßkind.« Wenn wir stundenlang beim Kinderarzt saßen, schlief er, alles um sich herum vergessend, auf meinem Schoß ein, eingekuschelt und friedlich. Auch auf familiäre Belastungen reagierte er mit psychischen Störungen. Er erbrach sich, aß nicht. Sein Gesundheitszustand war mit fünf Jahren dermaßen angegriffen, dass uns die Ärzte rieten, an die Ostsee zu ziehen und Berlin den Rücken zu kehren. Kurz vor Daniels Einschulung lernte ich Heinz kennen. Er heiratete uns und zog mit uns von Berlin-Pankow nach Berlin-Buch. Obwohl Buch noch zur Großstadt gehört, liegt es schon im Grünen. Dieser Stadtteil befindet sich nordöstlich von insgesamt dreizehn Ortsteilen des Stadtbezirks Berlin-Pankow. Er besteht zu einem großen Teil aus Wald und halb offener Landschaft. In der Kolonie Buch, deren Einwohner wir wurden, entstanden Anfang des 20. Jahrhunderts viele Stadtvillen und Einfamilienhäuser in ruhiger Lage. Es gab jede Menge Spielplätze in begrünten Innenhöfen, ausreichend Schulen, genügend Einkaufsmöglichkeiten und den Naturpark Barnim mit all seiner Schönheit unmittelbar neben unserer Haustür. Nur etwa zwanzig S-Bahn-Minuten vom Berliner Alexanderplatz entfernt zählt Berlin-Buch heute zu einem der größten Krankenhausstandorte Deutschlands. Hier wird in mehreren Krankenhäusern biomedizinisch geforscht und geheilt.

Damals war Daniel so abgemagert und schwach, dass ich ihn regelmäßig bei einem Professor für Kinderheilkunde, auch genau vor unserer Tür, vorstellte. Mein Sohn litt sehr unter seinen Krankheiten. Das Schlimmste für ihn war, wenn er nicht zur Schule konnte.

»Mama, ich will nicht krank sein«, jammerte er dann oft. »Die Kinder in meiner Klasse dürfen so viel Neues lernen und ich muss zu Hause bleiben.«

Mit Beginn der zweiten Klasse wurde alles besser. Er fing an zu essen, wurde kräftiger. Trotzdem hing er weiter an meinem Rockzipfel. Am wohlsten fühlte er sich, wenn ich mich in seiner Nähe aufhielt und er an meiner Seite spielen konnte. Fast jedes Wochenende streiften Heinz und ich mit ihm durch die nahe gelegenen Wälder, wir unternahmen ausgiebige Radtouren mit großem Picknickkorb. Als wir uns dann noch einen acht Wochen alten Terrier kauften, war Daniel der glücklichste Junge der Welt.

Aus der Schule brachte er gute Noten mit nach Hause, zudem hatte er viele Freunde. Als er in dem Alter war, wo Kinder schon mal allein zu Hause bleiben, wenn die Eltern in den Urlaub fahren, wollte er immer noch mit. Daniel und mich zeichnet ein trockener, ja manchmal sogar schwarzer Humor aus. Genau diese Art von Humor half uns während seiner langen Erkrankung, den Kopf oben zu behalten und nicht am Schicksal zu verzweifeln.

Nachdem wir uns eine Weile schweigend angesehen hatten, eröffnete er mir, dass er noch eine Woche im Krankenhaus bleiben würde, um jede Menge Untersuchungen durchführen zu lassen. Röntgenaufnahmen, Computertomografie, Knochenszintigramm. Danach könne er bis zum Anfang der Chemotherapie wieder nach Hause. Dann zog er ein Blatt Papier aus seinem Schubfach, legt es mir vor.

Ich las: COSS-96-Protokoll.

Verständnislos blickte ich ihn an. »Was ist das?«

»Mein Behandlungsplan mit meinen Chemotherapien. Ich bekomme insgesamt neunzehn von dem Scheiß.«

Er ließ die Augen nicht von mir, weil er genau wusste, dass ich es nicht mochte, wenn er so vulgär sprach. Ich ließ mich nicht provozieren und ergriff das Blatt. Mir stockte der Atem. Ich bekam kaum Luft. Unfähig auch nur einen Satz zu sprechen, ging ich mit dem Zettel in der Hand auf den Balkon.

Lieber Gott, stehe uns bei, dachte ich immerzu. Neunzehn Chemotherapien. Das hält kein Mensch aus. Ich hatte selbst wochenlang auf einer Krebsstation gelegen und musste mit ansehen, was Chemotherapie dem menschlichen Körper antat. An mir war der Kelch vorbeigegangen, weil mein Tumor damals gutartig war. Aber nie in meinem Leben werde ich vergessen, wie die Frauen neben mir gelitten, sich aufgegeben hatten, weil sie die Qualen nicht mehr aushielten. Aus dem Gespräch mit dem behandelnden Arzt wusste ich aber auch, dass mein Kind keine andere Chance hatte, wollte es am Leben bleiben. Die umfangreiche Behandlung von Knochentumoren erfordert die Erstellung eines eigens auf den Patienten abgestimmten Behandlungsplanes, der unmittelbar nach der Diagnose im örtlichen onkologischen Arbeitskreis besprochen und abschließend der überregionalen Studienzentrale vorgelegt wird. Uns wurde von Anfang an gesagt, dass Daniels Erkrankung im Rahmen eines Forschungsprojektes behandelt würde. Wir waren beruhigt, da die Robert-Rössle-Klinik in puncto Forschung einen ausgezeichneten Ruf zu verzeichnen hat. Unter dem Namen HELIOS Klinikum Berlin-Buch sind seit Juni 2001 das Klinikum Buch, Krankenhaus der Maximalversorgung, die Robert-Rössle-Klinik für Tumorerkrankungen und die Franz-Vollhard-Klinik für Herz-Kreislauf-Erkrankungen der Charité, Universitätsmedizin Berlin Campus Buch, zusammengeführt worden. Ich wusste, dass mein Sohn den Umständen entsprechend gut aufgehoben sein würde. Trotzdem jagte mir das Blatt in meinen Händen (COSS-96 = Cooperative Osteosarcom Study Group) einen kalten Schauer über den Rücken. Als ich mich etwas gefasst hatte, setzte ich mich wieder an sein Bett. Ich versuchte, so gut es eben ging, meine Angst zu überspielen.

»Haben die Ärzte mit dir über die Chemotherapie gesprochen?«

»So im Einzelnen noch nicht, aber ich kann sie jederzeit fragen, ist ja auch noch ein wenig Zeit bis dahin«, versuchte mir mein Kind auf seine nonchalante Art beizubringen.

Ich war beunruhigt, weil ich ihn kannte. Nur nicht nachfragen, kann ja unangenehm sein. Das war schon immer sein Motto gewesen – oder: Kommt Zeit, kommt Rat.

»Soll ich mit ihnen reden?«

Das wollte er schon gar nicht. »Mama, nun bleib mal schön locker, wenn es so weit ist, werden sie mir schon Bescheid geben.«

Auch wenn ich ihn in diesem Moment am liebsten geschüttelt hätte, beherrschte ich mich. Mein Sohn lenkte das Gespräch in andere Bahnen. Es war offensichtlich, dass er nicht über seine Krankheit reden wollte.

Nach etwa einer Stunde Geplänkel bat ich Nadine, mich auf den Balkon zu begleiten. Das arme Mädchen sah sehr mitgenommen aus, es tat mir leid, ihr wehtun zu müssen. Aber es war unvermeidlich. Ich bat sie, sich zu setzen. Ich blieb vor ihr stehen.

»Nadine, ich weiß, dass Daniel dich sehr gern hat. Und weil er dich so gern hat, möchte ich dich bitten, hier und jetzt ganz ehrlich zu dir selber zu sein.«

Sie blickte mich mit fragenden Augen an und verstand kein Wort. Wie auch? Ich drehte mich von ihr weg und schaute in den Park. Mir fiel es unendlich schwer, weiterzusprechen.

»Daniel ahnt noch nicht einmal im Ansatz, was auf ihn zukommt. Es wird eine schlimme Zeit, so viel kann ich dir jetzt schon sagen. Er wird verzweifelt sein, er wird sehr krank werden, und er wird anfangen, sich und sein Leben zu verwünschen. Er wird uns hassen, mich als Mutter sowieso, und er wird anfangen, uns von sich wegzustoßen.«

Mir kullerten die Tränen, aber ich zwang mich, weiterzureden.

»Daniel wird auch anfangen dich zu hassen, er wird dich um dein gesundes Leben beneiden und alles um sich herum zerstören wollen. Ich weiß, wovon ich rede. Ich habe das alles schon mit Heinz durch.«

Endlich drehte ich mich wieder zu Nadine um.

»Wenn du der Meinung bist, dass du das alles nicht auf dich nehmen kannst, dann verabschiede dich jetzt von meinem Sohn und gehe mit mir gemeinsam aus seinem Zimmer! Niemand wird dir böse sein.« Nadine fing herzergreifend an zu schluchzen. Ich verachtete mich. Trotzdem redete ich weiter: »So hart es auch klingt, ich muss dir das sagen. Daniel wird traurig sein und mich verfluchen. Aber wenn du ihn während der Chemotherapie verlässt, wird es ihn umbringen!«

Bild 1: Lisa, Peter, Karin, Daniel im Sommer 1983

Bild 2: Daniels Einschulung 1988

Bild 3: im Bucher Forst

Bild 4: Daniel, Peter und Heinz

Bild 5: Daniel, Peter und Heinz im Sommer 1991

Bild 6: Daniel, Karin und Billy 1993

Bild 7: Billy und Daniel spielen 1993

Bild 8: Daniels Jugendweihe 1997 mit Heinz links, Peter rechts

Bild 9: Daniels Jugendweihe 1997

WIE GEHT ES WEITER?

Daniel wurde wieder entlassen und wartete auf die endgültigen Befunde. Davon hing die Stärke der Dosierung der Chemotherapie ab. Ich hoffte zu dieser Zeit immer noch, dass sich die Ärzte geirrt hatten. Daniel nicht, er hatte sich mit seinem Schicksal abgefunden. Obwohl er es immer noch ablehnte mit mir oder Heinz über seine Krankheit zu reden, war er dennoch bereit, sich Materialien über seinen Krebs durchzulesen. Er hatte sich in seinem Krankenzimmer mit einem jungen Mann unterhalten, bei dem der Knochenkrebs zurückgekehrt war. Dieser sagte ihm, dass die Chemotherapien auszuhalten seien und dass man sich daran gewöhnen würde. Daniel begann damit, die Aussagen seines Zimmergenossen auch auf sich zu beziehen. Als er mir von dem Gespräch erzählte, gab er sich betont fröhlich und gelassen. Doch er konnte mich nicht täuschen. Tapfer versuchte er seine Angst, die sich auf seinem Gesicht spiegelte und seine Stimme unwirklich erklingen ließ, zu übertönen.

»Mama, der hat das auch geschafft, wirst sehen, ich bin hier schneller raus, als ihr alle denkt ... mein Krebs ist ja nicht so schlimm!«

Wie gern hätte ich ihm geglaubt. Ich hatte mir unzählige Informationen aus dem Internet herausgezogen, um zu verstehen, welcher Feind sich in seinem Körper eingenistet hatte.

Das Osteosarkom ist der häufigste Knochentumor bei Kindern und Jugendlichen. Es kann in jedem Alter vorkommen, vorwiegend aber bei Teenagern und jungen Erwachsenen. Auch bei Kindern unter zehn Jahren kann sich dieser Krebs entwickeln. Jungen sind etwas häufiger betroffen als Mädchen. Überwiegend tritt dieser Tumor an den langen Röhrenknochen des Schienbeins und Oberschenkels sowie am Oberarm auf. Bei mehr als der Hälfte der Kinder und Jugendlichen wird es in der Nähe des Kniegelenkes diagnostiziert. So wie bei Daniel. Wir sind dem behandelnden Arzt beinahe um den Hals gefallen, als er uns mitteilte, dass der Krebs noch nicht gestreut hätte. Das war unsere größte Sorge gewesen.

Daniel wurde krankgeschrieben und blieb zu Hause. Schon jetzt war abzusehen, dass er für ganz lange Zeit krank sein würde. Er war darüber geschockt. Noch war er gesund. Er konnte und wollte sich nicht vorstellen, dass sein Wunsch, Marinesoldat zu werden, nun nicht mehr in Erfüllung gehen würde. Daher ignorierte er es und hoffte auf die Zukunft. Er schaltete einfach ab. Ich fing an, mir Sorgen zu machen. Da er offensichtlich beschlossen hatte, alles Unangenehme um sich herum auszuknipsen, übernahm ich seine »Planung«, um zu verhindern, dass er alle notwendigen Dinge, die sein weiteres Leben betrafen, einfach liegen ließ. Als Erstes, ohne mit Daniel darüber zu reden, bestellte ich die gebuchten Zimmer für die Vereidigung in Bremerhaven wieder ab. Ich brachte es nicht übers Herz, ihm jetzt schon zu prophezeien, dass sich sein Leben schlagartig ändern würde. Noch wollte ich ihm in dem Glauben lassen, er könne zurück zur Marine. Bewusst vermied ich es, ihn zu drängen, jetzt schon anzufangen, seine Zukunft neu zu gestalten. Auch in mir stiegen Zweifel auf. Welche Zukunft?, marterte ich mir ständig das Gehirn. Wird er überhaupt eine haben? Wie geht es mit ihm weiter? Behält ihn die Bundeswehr? Wenn nicht, wo kann er sich krankenversichern? Wie kann ich mich um ihn kümmern? Daniel wohnt in Berlin, wir ein Stück weit weg. Finanziell konnten wir ihn nicht mehr unterstützen. Mit meinem Job als Pflegerin konnte ich keine großen Sprünge machen, während das

Gehalt von Heinz gerade so reichte, die Hypothek für das Haus zu bezahlen. Als Zweites meldete ich uns beim Sozialmedizinischen Dienst der Bundeswehr in Berlin an, da wir uns sorgten, dass Daniel aus der Bundeswehr ausgeschlossen und somit vor dem finanziellen Nichts stehen würde.

Nachts lag ich wach, grübelte und lief ständig im Haus herum. Ich weinte ständig. Bereits als wir das Haus planten, hatten Heinz und ich beschlossen, getrennte Schlafzimmer einzurichten. Ich fand die Idee klasse, zumal ich nachts viel lese und Heinz ständig dem Lichtschein der Nachtischlampe ausgesetzt wäre. So konnte ich mich ungestört zurückziehen und meinem Kummer nachgehen. Angst, Wut und Trauer waren während der nächtlichen Rundgänge meine ständigen Begleiter. Ich hatte Angst, meinen Sohn zu verlieren, war wütend, dass es nicht mich anstatt seiner getroffen hatte, und traurig, weil mein Sohn nicht über seine Ängste sprechen wollte. Wie sollte ich ihm helfen, wenn er mir nicht sagte, was in ihm vorging?

An einem Samstag Ende August besuchte ich eine katholische Ordensschwester, mit der ich während meiner Berliner Zeit in der Hauskrankenpflege zusammengearbeitet hatte, und bat sie, für meinen Sohn zu beten. Ich selbst hatte dazu keine Kraft, zumal ich mich an den Glauben klammerte, eine Nonne stehe Gott näher als ich, die nicht kirchlich gebunden ist.

DER KAMPF BEGINNT

Ende Juli hatte sich noch nicht viel getan. Daniel wartete auf seine Befunde und schmiedete Pläne für seinen Geburtstag Ende August. Zwischenzeitlich war er zweimal in der Berliner Charité zur Samenspende. Letztendlich hatten sich meine Befürchtungen bewahrheitet: Aufgrund der aggressiven Chemotherapie würde er höchstwahrscheinlich unfruchtbar werden.

Heinz hatte Urlaub, während ich zwischen meinem Halbtagsjob und den ständigen Fahrten nach Berlin jonglierte. Zwischenzeitlich hatten wir den Termin beim Sozialmedizinischen Dienst der Bundeswehr wahrgenommen. Frau Dröger, die ich später oft um Rat gefragt habe und die uns eine unschätzbare Hilfe in dieser schweren Zeit wurde, beruhigte uns: »Wir sehen überhaupt keinen Handlungsbedarf, Daniel aus der Bundeswehr auszuschließen. Er wird von uns alle Unterstützung bekommen, um wieder völlig gesund zu werden.«

Mir fiel eine Zentnerlast von den Schultern, da mir die immensen Kosten der Behandlung so manche schlaflose Nacht bereitet hatten. Wieder einmal konnte ich meine Tränen nicht zurückhalten. Ich war so dünnhäutig geworden. Schon ein gutes Wort, spielende Kinder oder ausgelassene Jugendliche trieben mir die Tränen in die Augen. Würde mein Sohn auch wieder ausgelassen sein können? Werde ich jemals seine Kinder in den Armen halten? Auch wenn der Anlass unseres Besuches traurig war, lachten wir dennoch zum Abschied.

Frau Dröger fragte: »Daniel, wie kann ich dich erreichen,

wenn ich Fragen an dich habe, um dir weiterhelfen zu können?«

Mein sonst so stiller Sohn reagierte blitzschnell. »Na, gar nicht. Wenn etwas ist, regeln Sie das bitte alles mit meiner Mutter. Die macht das schon für mich.«

Ich schaute verblüfft, Frau Dröger schmunzelte.

»Na ja, immerhin bist du schon volljährig, vielleicht möchtest du manche Dinge anders regeln als deine Mutter«, hakte sie nochmals nach.

»Nee, nee, meine Mutter hat alles bestens im Griff. Sehen Sie ja an mir.«

Sein unwiderstehliches Grinsen federte den Tatbestand ab, dass er mich soeben als seine Bevollmächtigte eingesetzt hatte, die im Notfall alles für ihn regeln würde. Damit war für ihn die Sache erledigt.

Am 11. August begann der erste Zyklus der Chemotherapie, wobei Daniel zwei Tagen hintereinander einen Tropf erhielt. Das Zytostatikum vertrug er relativ gut. Während er seine Appetitlosigkeit eher mit zynischer Gelassenheit ertrug; tragisch schien sie nicht zu sein.

Als ich ihn fragte, was er denn gern essen möchte, wiegelte er ab:

»Das Essen kannst du hier sowieso unter Ulk verbuchen. Wenn ich nach Hause kann, ziehe ich mir erst mal einen ordentlichen Döner mit Knoblauch rein.«

Als er ab Mittwoch eine Kochsalzspülung in Form eines Tropfes bekam und am Freitag nach Hause durfte, verkündete er ganz optimistisch: »Wenn es nicht schlimmer wird, reiße ich hier meine Wochen ab und marschiere bald wieder nach Bremerhaven.«

Ich versuchte gar nicht erst, ihn zu mäßigen, weil Daniel sich noch immer weigerte, mit uns über seine Krankheit zu reden. Nach wie vor hatte er den Ernst der Lage noch nicht erfasst oder wollte es einfach nicht begreifen. Als ich ihn in seiner Wohnung ablieferte, gab es auch schon den ersten Streit. Ich wollte, dass er wenigstens das Wochenende bei uns verbrachte, damit er sich wieder erholen konnte. Döner und Cola erschienen mir nicht die richtigen Lebensmittel nach der Tortur.

»Mama, das kannst du vergessen. Ich bleibe hier! Nadine kommt und ich treffe ein paar Kumpels.«

Ich blieb stur. »Deine Kumpels rauchen und können nicht kochen. Was ist, wenn es dir schlecht geht? Zu Hause kann ich zumindest reagieren.«

»Wenn es mir schlecht geht, gehe ich in die Klinik. Die Ärzte haben mir angeboten, dass ich jederzeit auf Station kommen kann, wenn etwas ist; immerhin brauche ich nur knapp fünf Minuten bis dahin. Was soll ich in eurem Kaff?«

Ich gab mich nur halb geschlagen. »Dann lass mich wenigstens deine Wäsche waschen und sauber machen.«

Daniel rollte genervt mit den Augen. »Weißt du was, Mama? Du kannst mit mir einkaufen gehen, danach fährst du nach Hause. Ich komme allein klar. Die Wäsche kannst du mitnehmen, den Rest mache ich allein.«

GEBURTSTAG IM KRANKENHAUS

Nachdem Daniel eine Woche zu Hause war, bekam er seine erste aggressive Chemotherapie. Es ging ihm nach diesem Zyklus mit dem hochdosierten Zellgift sehr schlecht. Er aß nicht, erbrach sich ständig und wollte nur noch in Ruhe gelassen werden. Seinen einundzwanzigsten Geburtstag am 28. August verlebte er in der Klinik. Obwohl er sich sehr unwohl fühlte, zog er sein Infusionsgerät hinter sich her und setzte sich mit uns in den Aufenthaltsraum. Nadine war schon dort, als ich ankam, Heinz wollte früher Dienstschluss machen. Meine Tochter Lisa hatte sich auch angemeldet. Nach meinem Dienst war ich schrecklich müde. Da ich wieder einmal nicht schlafen konnte, begab ich mich morgens um halb zwei Uhr in die Küche und fing an, Kuchen zu backen. Die Erinnerung an Daniels frühere Geburtstage überwältigte mich und trieb mir unaufhaltsam Tränen in die Augen. Obwohl ich in der Vergangenheit, auch als Kind, kaum geweint habe, öffneten sich meine Schleusen nun ständig. Ich schloss die Küchentür, um zu verhindern, dass Heinz mich rumoren hörte. Er versuchte ständig, mich zu trösten und mich zum Schlafen zu zwingen. Seine Worte und liebevollen Gesten, wie Blumen, mein Lieblingsparfüm oder eine neue CD, drangen nicht zu mir durch. Ich konnte mich an nichts mehr erfreuen. Meine Gedanken drehten sich nur noch um meinen Sohn. Ich gestattete es mir einfach nicht, an schöne Dinge zu denken. Wie konnte ich fröhlich sein, wenn mein Kind todkrank war? Ich fing damit an, meinen Mann zu ignorieren, ihm aus dem Weg zu gehen, seine aufmunternden Worte zu überhören. Auch auf der Arbeit versteckte ich meine Gefühle, wollte einfach nur in Ruhe gelassen werden. Jede noch so kleine Bemerkung reichte aus, mich aus der Fassung zu bringen, meinen Tränenkanal zu öffnen.

Als ich das Geburtstagskind in die Arme nahm, um ihm zu gratulieren, hatte ich Mühe, meine Betroffenheit über sein schlechtes Aussehen zu verbergen. Sein Gesicht war von eitrigen Pickeln übersät, er sah blass und ängstlich aus. Wie unabsichtlich strich ich ihm über den Kopf und hielt große Büschel Haare in den Händen. Mühsam unterdrückte ich die Tränen und setzte mich ihm gegenüber in einen Sessel. Stumm schauten wir uns an. Nadine schwieg ebenfalls. Wie ein verschüchtertes Vögelchen beobachtete sie die lautlose Zwiesprache zwischen uns beiden. Wir schauten uns sehr lange schweigend an, es bedurfte keinerlei Worte. Ich las in Daniels Augen, sah seinen stummen Schmerz und erkannte seine Bitte, keine Fragen zu stellen.

Es war Daniel, der die drückende Stille unterbrach. »Mama, kaufst du mir bitte das Buch von Lance Armstrong, Tour des Lebens? Wenn der das geschafft hat, schaffe ich es auch ... Und kannst du mal mit den Schwestern reden, dass ich in ein anderes Zimmer komme? Ich halte das nicht mehr aus bei den alten Männern!«

Bevor ich ihm antworten konnte, betraten Lisa, Peter und Heinz den Besucherraum. Erst Monate später – ich kam an seinem Geburtstag nicht mehr dazu, mit den Schwestern zu reden – sagte mir Daniel, warum er aus dem Zimmer wollte. Er hatte es nicht mehr ausgehalten, zusehen zu müssen, wie neben ihm Patienten an Krebs starben.

Peter hatte sich auf den langen Weg von München nach Berlin begeben, um mit seinem Sohn Geburtstag zu feiern. Daniel freute sich sehr, war aber so geschwächt, dass er nach einer Stunde zitternd aufstand, um sich ins Bett zu legen.

»Ich möchte, dass ihr jetzt alle zu unserem Italiener geht

und für mich eine große Portion mitesst«, bestimmte er und duldete keinen Widerspruch.

Es war ein trauriger Abend, obwohl wir uns freuten, wieder einmal alle beisammen zu sein. Nach dem Essen gingen wir nochmals ins Krankenhaus. Peter blieb in Daniels Wohnung und kümmerte sich eine Woche lang um seinen Sohn. Ich war dankbar für die Verschnaufpause, zumal Lisa mich gebeten hatte, Klein Paulchen für ein paar Tage zu uns zu nehmen, da sie in ihrem Studium vor Prüfungen stand. Eigentlich wollte ich endlich einmal ein Wochenende für mich allein haben, um Luft holen zu können, stimmte aber trotzdem zu, weil der kleine Kerl so etwas wie normales Leben in unserer Familie bedeutete.

MAMA, HOL MICH NACH HAUSE

Mit Beginn der nachfolgenden Chemotherapie, die er nach kurzer Verschnaufpause bekam, ging es Daniel sehr schlecht. Er war apathisch und redete nun fast gar nicht mehr. Wenn ich ihn besuchte, lag er teilnahmslos im Bett und ertrug tapfer den giftigen Cocktail, der durch seine Adern rann. Oftmals bat er mich schon an der Tür, wieder nach Hause zu fahren, weil er nicht wollte, dass ich ihm bei seiner Qual zusah. Einmal setzte ich mich über seinen Wunsch hinweg und blieb am Bett sitzen. Daniel lag zusammengekrümmt unter seiner Bettdecke und versuchte zu schlafen. Zwischenzeitlich stand er immer wieder auf, um mit seinem Infusionsständer auf die Toilette zu gehen. Ich konnte hören, wie er sich bald die Seele aus dem Leib kotzte. Mir wurde heiß und kalt, nur mühsam unterdrückte ich meine Tränen.

Nur nicht flennen, dachte ich immerzu. Genau aus diesem Grund will er dich nicht hier haben, er braucht keine Mutter, die flennt. Du musst stark sein, redete ich mir immer wieder ein. Es klappte. Jetzt war ich nur noch zornig und hasste alles um mich herum; das Krankenhaus, die Chemotherapie und mich. Ich haderte mit mir – hätte ich besser aufgepasst, wäre meinem Kind das erspart geblieben. Es ist alles deine Schuld, hämmerte ich mir immer wieder ein. Zudem richtete ich meine Wut auf Heinz. Stets war er auf der Arbeit, wenn ich ihn mal brauchte, alles überließ er mir. Ich wusste, dass ich meinem Mann Unrecht tat, aber ich wollte ungerecht und wütend sein. Mein Zorn galt auch den Besuchern im Zimmer, die sich lachend und lautstark am Bett eines anderen Patienten unterhielten.

»Haben Sie denn kein Herz im Leib«, keifte ich. »Sie sollten sich schämen. Mein Sohn ringt mit dem Tode und Sie lachen sich hier kaputt.«

Als daraufhin die Besucher erschrocken das Zimmer verließen, stieg meine Verzweiflung erst richtig an. Aus der Toilette drangen nach wie vor würgende Laute, während ich versuchte, mich vor mir selbst für meine unfreundlichen Worte zu rechtfertigen. Was sind das nur für gefühlslose Menschen, konnte ich immer nur denken. Ich fühlte mich so ohnmächtig in unserer trostlosen Lage, dass ich ohne groß nachzudenken eine Blumenvase nach ihnen geworfen hätte, wären sie nicht aus dem Zimmer gegangen. Als ich später zum Luftholen im Flur stand und mir versteckt ein paar Tränen aus den Augenwinkeln wischte, schämte ich mich für meinen unbeherrschten Ausbruch.

Eine ältere Dame kam auf mich zu, reichte mir ein Taschentuch und meinte: »Kindchen, Sie haben allen Grund zornig zu sein. Ich weiß, wovon ich rede. Mein Mann liegt neben Ihrem Sohn. Wer wütend ist, kann auch kämpfen. Geben Sie niemals auf. Ihr Sohn braucht Sie.«

Als ich Daniel am nächsten Tag wieder besuchte, erhielt er gerade seine Spülung. Sehr mitgenommen äußerte er nur einen Wunsch: »Mama, pack meine Sachen ein. Ich komm jetzt mit nach Hause.«

Ich schluckte nur und brachte kein Wort heraus. Es musste ihm wirklich sehr schlecht gehen, wenn er unser Haus und das Kaff, in dem wir seinen Worten nach wohnten, als sein Zuhause betrachtete.

Wir stellen unser Leben um

Zu Hause angekommen zog Daniel sich sofort in mein Zimmer zurück. Völlig geschwächt und müde legte er sich ins Bett und schlief sofort ein. Nun sahen wir uns einem großen Problem ausgesetzt. Unser Haus hat nur drei Zimmer: eins für Heinz, eins für mich und ein großes Wohnzimmer. Außerdem besaßen wir keine weitere Schlafmöglichkeit außer einem Campingbett. Die Anschaffung eines Schlafsofas hatten wir immer wieder aus finanziellen Gründen verschoben. Wozu auch? Unsere Ledergarnitur sah ja noch gut erhalten aus, war aber eben nicht zum Schlafen geeignet. Also schlug ich für mich das alte Bett im Wohnzimmer auf, bestellte per Sofortlieferung eine neue Polstergarnitur mit Schlafteil bei einem Versandhaus. Die Kosten dafür konnten wir uns eigentlich nicht leisten, sodass ich einen Ratenkredit aufnehmen musste.

Für mich war es am ersten Tag ungewohnt, laufend nach meinem Sohn zu schauen. Er hatte seit Tagen nicht richtig gegessen und bereits fünf Kilo abgenommen. Sein kahler Kopf und die großen braunen, wimpernlosen Augen gaben seinem blassen Gesicht ein gespenstiges Aussehen. Durch die Chemotherapie waren seine Mundschleimhäute so sehr angegriffen, dass jeder Bissen zur Qual für ihn wurde. Obwohl er aus dem Krankenhaus Mundspülungen mitbrachte, dauerte es immer seine Zeit, bis er wieder essen konnte. Ich kochte ihm Tee und versuchte ständig, ihn zum Essen zu nötigen. Bloß – was sollte ich ihm geben? Ich war ratlos und blätterte im Internet nach. Obwohl ich mich intensiv mit den Nahrungsgewohnheiten von Krebspatienten auseinander setzte und danach kochte, aß Daniel gar nichts. Schlimmer: Er erbrach sich ständig. Am späten Nachmittag klagte er über starke Schmerzen im Oberbauch. Ich bekam Panik. In seinem Zustand konnte ich ihn unmöglich wieder ins Auto setzen und nach Berlin fahren. Aber ich musste sofort handeln. Also fuhr ich zum Rathaus, weil ich wusste, dass in dem Gebäude ein Arzt praktizierte, denn ich selbst hatte seit unserem Umzug noch keinen Doktor benötigt. Nach der Schilderung unserer Situation reagierte er sofort, indem er noch am selben Abend, nach Praxisschluss, einen Hausbesuch machte. Er verschrieb Medikamente und bot sich an, Daniel als mitbehandelnder Arzt nach seinen Krankenhausaufenthalten zu versorgen.

Daniel maulte: »Heißt das etwa, dass ich jetzt immer nach den Chemotherapien herkommen muss?«

Doktor Gujulla sah ihn vorwurfsvoll an. Seine Stimme hob sich leicht, als er erwiderte: »Daniel, du bist sehr krank und du wirst noch sehr viel kränker werden. Sei froh, dass du eine Mutter hast, die sich um dich kümmert. Oder hast du jemanden, der in Berlin für dich sorgen kann?«

Daniel blieb stumm die Antwort schuldig, zog deprimiert die Bettdecke über seine Ohren und schaute zur Wand. Er ignorierte uns. Da ich diese Reaktion kannte, schob ich den Arzt aus dem Zimmer. Letztendlich konnte ich meinen Sohn sogar verstehen. Mit einundzwanzig Jahren von der Mutter versorgt zu werden, hätte mir auch nicht gefallen. Die gegenwärtige Situation ließ ihm aber keine andere Wahl. Nadine hatte gerade eine Ausbildung angefangen und wohnte bei den Eltern. Ich freute mich ja schon, dass sie ihn regelmäßig im Krankenhaus besuchte. Das gab ihm viel Kraft.

Daniel erholte sich in der Folgezeit nur langsam, entwickelte keinen Appetit und verweigerte nun bereits seit zwei Tagen das Essen. Ständig rannte ich ans Bett und fragte, was er essen möchte.

»Nichts, Mama.«

Zu Mittag kochte ich ihm selbstgemachten Kartoffelbrei, pürierte frisches Gemüse. Doch genau so, wie ich es ihm hinstellte, warf ich es wieder in die Tonne. Es war zum Verzweifeln. Erfahrungsgemäß fing Daniel drei Tage nach der Chemotherapie wieder zu essen an. Dann fiel er so schnell wie eine Raupe über die Lebensmittel im Kühlschrank her. Ich konnte gar nicht so schnell nachkaufen, wie er alles, was ihm unter die Finger kam, vertilgte. Natürlich war ich froh darüber, aber plötzlich musste ich wieder für zwei erwachsene Männer einkaufen, waschen und kochen. Ich musste mich erst wieder umstellen. Als Peter mir anbot, sich monatlich an den zusätzlichen Kosten für Daniel zu beteiligen, nahm ich sein Angebot dankend an – es sollte unserem Kind an nichts fehlen.

Zwischenzeitlich war die neue Polstergarnitur eingetroffen, sodass wir Daniel das Wohnzimmer herrichten konnten. Schließlich würde er für Monate bei uns leben, da brauchte er eine Möglichkeit, auch mal allein zu sein. Ich wurde noch einmal leichtsinnig und kaufte einen DVD-Player, den wir eigentlich nicht benötigten. Für uns reichte bis dato ein Videorekorder, den wir so gut wie gar nicht benutzten.

Obwohl Daniel in seiner Wohnung alles hatte, was ein junger Mensch zum »Überleben« brauchte, wollte ich seinen gesamten Hausstand dann doch nicht zu uns holen. Seine Sachen stellten ohnehin das Zimmer schon fast zu. Seine einst kümmerlichen und von mir runtergeschnittenen Pflanzen, die ich eine Zeit lang beobachten wollte, hatten sich wider Erwarten auch gut erholt. Sie wuchsen prächtig und nahmen eine Menge zusätzlichen Platz weg. Dann trennte ich mich schweren Herzens von meinem neuen Laptop. Daniel musste beschäftigt werden. An meinem Computer, den ich zum Schreiben brauchte, ließ ich ihn nicht mehr ran. Noch in Berlin hatte ich ein Fernstudium für Belletristik begonnen und stand nun kurz vor der Abschlussarbeit. Irgendwie schaffte er es immer wieder, meine Festplatte mit Viren aus dem Internet flachzulegen.

Ich stand dann da mit meiner Wut, weil ich noch mal von vorn anfangen musste.

Wir arrangierten uns. Wie früher, als er noch zu Hause lebte, versorgte ich zuerst meinen Sohn und nutzte danach seine Schlafpausen zum Einkaufen, Kochen oder Wäschemachen. Obwohl Daniel immer wieder damit anfing, nach der nächsten Chemotherapie in seiner Wohnung bleiben zu wollen, ließ ich nicht mit mir handeln und ihn reden. Stattdessen lud ich still und heimlich seine Freunde zu uns ein. Es war Sommer, ich backte Kuchen für seine Freunde und war ständig bemüht, für ihn Besuch zu organisieren. An den Wochenenden holte Heinz oder ich Nadine ab, weil sie ihm natürlich am meisten fehlte. Dienstmäßig konnte ich von Glück reden, dass ich hauptsächlich an den Wochenenden oder gerade an den Tagen arbeitete, wenn sich Daniel in der Klinik aufhielt.

Sehr bald schon stand ich unter Dauerstress, weil ich nun auch nach jeder Behandlung noch zusätzlich in die zuständige Bundeswehrkaserne zum Medpunkt nach Berlin fahren musste, um mich um die Kostenübernahme für Daniels nächste Chemotherapien zu kümmern. Auch Heinz sorgte sich rührend um seinen Stiefsohn, war aber beruflich so angespannt, dass ich schon froh sein konnte, wenn er ihn abends auf dem Weg nach Hause in der Klinik besuchte.

Ich verglich mich einmal scherzhaft mit einer Amsel, die ständig hin und her fliegt, um für ihre Brut zu sorgen.

VORWÄRTS, SCHRITT FÜR SCHRITT

Mitte September befand sich Daniel in der vierten Woche nach den COSS-96-Protokollen. Er bekam kurz hintereinander zwei aggressive, hochdosierte Chemotherapien. Obwohl er gegen das Erbrechen Beruhigungsmittel bekam, ging es ihm während der Behandlung sehr schlecht. Das Gesicht war aufgequollen, seine Schleimhäute praktisch nicht mehr vorhanden, während er mit ständiger Übelkeit kämpfte. Daniel hatte bislang sieben Kilo abgenommen. Sein Immunsystem fing an sich aufzulösen, weil sich die Zahl der weißen Blutkörperchen durch das Zellgift immer weiter verringerte. Zu allem Unglück kam auch noch eine Erkältung hinzu. Aus diesem Grund erhielt er Antibiotika direkt durch den Port. Daniel fühlte sich so elend, dass er alles um sich herum ausschaltete. Er weigerte sich mit uns zu sprechen, schaute auch nicht fern oder dirigierte seinen Laptop, den er stets ins Krankenhaus mitnahm, um sich die Zeit mit Computerspielen zu vertreiben. Stattdessen lag er zusammengekrümmt in seinem Bett und beobachtete seinen Infusionsständer, als könnte er die giftige Flüssigkeit, die tröpfchenweise seinen Körper zerstörte, beeinflussen, endlich stehen zu bleiben. Meistens wechselte ich nur seine Wäsche und ging gleich wieder, weil er nicht wollte, dass ich blieb. Außer Nadine, die stumm und verzweifelt an seinem Bett saß, wollte er niemanden um sich haben.

Nach dieser Behandlung hatte Daniel bis Anfang Oktober Pause. Am Tag seiner Entlassung holte ich ihn am späten Vormittag nach meinem Dienst mehr tot als lebendig aus dem Krankenhaus ab. Da ich mich erneut um die weitere Kostenübernahme kümmern musste, setzte ich ihn in seiner Wohnung ab, legte ihn ins Bett und fuhr zum Sanitätsstützpunkt in die Julius-Leber-Kaserne am Kurt-Schumacher-Damm.

Berlin stellt eine große Herausforderung für Autofahrer dar. Morgens fährt man los, nur um einige Stunden später feststellen zu müssen, dass urplötzlich, wie von Geisterhand, eine neue Baustelle eröffnet worden ist. Aus dem Grunde verfuhr ich mich an diesem Tag hoffnungslos. Zu spät bemerkte ich, dass in der Zeit, die ich in der Kaserne verbracht hatte, eine Umleitung aufgebaut worden war. Da ich nicht mehr abbiegen konnte, fand ich mich mit einem Mal auf der Strecke nach Berlin-Charlottenburg wieder. Ich musste aber nach Pankow. Nun war guter Rat teuer. Ich besaß zwar einen Autoatlas, der nützte mir aber wenig, weil ich die Strecke eh nicht kannte. Außerdem zählt das Kartenlesen nicht gerade zu meinen Stärken. Endlich, nach drei Stunden, natürlich war auch schon Feierabendverkehr, hielt ich vor der Wohnung meines Kindes an. Müde und erschöpft packte ich meinen kranken Sohn ins Auto und fuhr mit ihm nach Hause, um ihn für die nächste Chemotherapie aufzupäppeln.

Nach den üblichen Startschwierigkeiten begann Daniel nach drei Tagen wieder zu essen und verputzte alles, was ihm unter die Hände kam. Das nach wie vor schöne Wetter erlaubte es, viel Zeit auf der Terrasse zu verbringen.

Endlich, wie durch Zauberhand, begann mein Sohn mit mir über seine Erkrankung zu reden. Er wollte nur noch reden, als hätte sich plötzlich seine Zunge gelöst. Abends, wenn ich meine Arbeiten erledigt hatte, brannte er förmlich darauf, mit mir lange Gespräche zu führen. Da Heinz nie vor einundzwanzig Uhr nach Hause kam, blieb viel Zeit für uns. Wir saßen draußen, er hatte dann immer eine Kanne Tee vor sich, während ich ein Glas Wein trank. Daniels größte Angst bestand darin, seine Chemotherapien nicht bis zum Ende aushalten zu können.

»Es ist die Hölle! Ich glaube kaum, dass ich noch vierzehn Chemotherapien ertrage. Es müsste doch reichen, wenn ich weniger erhalte«, versuchte er zu handeln.

Obwohl ich täglich mitbekam, wie die Chemotherapien ihm zusetzten, gab ich mir große Mühe, ihn zu motivieren, ihm Kraft und Mut zuzusprechen.

»Du schaffst das! Du darfst nicht anfangen zu handeln oder dich mit dem Gedanken tragen, aufzuhören. So schlimm das auch für dich sein mag, du musst alle Chemotherapien ertragen. Wenn du aufhörst, wirst du sterben.«

Ich wusste ganz genau, dass meine Worte für ihn nur Schall und Rauch waren, aber ich durfte nicht nachgeben, durfte ihm nicht das Gefühl geben, dass er eine andere Möglichkeit besaß. Denn: Es gab keine Alternative zu seinen Qualen. Zudem hatte er vor der bevorstehenden Operation große Angst.

»Was ist, wenn ich mein Bein verliere? Das mit der Marine kann ich mir jetzt schon aus dem Kopf schlagen, wer weiß, ob ich jemals einen Beruf erlernen kann. Wer nimmt mich denn jetzt noch? Gibt es auch Berufe für Krüppel?«

Es geht schon irgendwie

Der Monat September neigte sich seinem Ende zu. Daniel erholte sich von seiner Chemotherapie und fing an, sich zu langweilen, als es ihm etwas besser ging. Ständig nörgelte er, dass er nach Hause in seine Wohnung wollte, um sich mit seinen Freunden zu treffen. Als ich seine Gängelei nicht mehr aushielt, bat ich Dr. Gujulla, mit ihm zu reden, was er bei seinem nächsten Hausbesuch dann auch tat. Das Ergebnis: Mein Sohn begann mich zu hassen.

»Das ist ja nicht mehr auszuhalten hier bei euch, immer bestimmst du, was ich zu tun und zu lassen habe. Ich will meine Kumpels treffen, nach Brandenburg, zu meinen Verwandten fahren, ich will zu Opa. Du gönnst mir das alles nicht, ständig läufst du mir hinterher und schaust nach, ob ich esse und ob ich meine Medikamente nehme. Fehlt bloß noch, dass du mir aufs Klo folgst.« Er schäumte vor Wut. Mein sonst so stilles Kind rastete förmlich aus und knallte mit den Türen.

Seine Vorwürfe trafen mich hart. Aber was sollte ich tun? Der Arzt hatte ihn zum wiederholten Male darauf aufmerksam gemacht, dass er in seinem desolaten Zustand, in dem er sich befand, nicht verreisen dürfe und sich von allem fern halten müsse, da es ihn sonst umbringen würde. Ich schlug einen Kompromiss vor und bat Opa und Daniels Onkel, ihn bei uns zu besuchen. Danach glätteten sich die Wogen etwas. Heinz' Geburtstag stand kurz bevor, und wir versprachen unserem Sohn, mit ihm an diesem Tag in ein Restaurant essen zu gehen.

Ich war hin- und hergerissen von Schuldgefühlen und

hätte am liebsten das Leid meines Sohnes auf mich gezogen. Ohne zu überlegen, hätte ich Daniels Qualen im Krankenhaus, wenn es ihm während der Chemotherapie schlecht ging, er mich dafür mit Schweigen bestrafte und nur stumm den verhassten Infusionsständer anstarrte, auf mich genommen. Nachts, wenn ich weinend durch das stille Haus streifte, wünschte ich mir sehnlichst unser altes Leben zurück, wollte endlich aus dem Albtraum erwachen, in dem wir uns alle befanden. Zudem vertiefte sich zwischen Heinz und mir die Sprachlosigkeit. Je mehr ich mich um Daniel kümmerte, umso nachhaltiger ging ich Heinz aus dem Weg. Ich konnte seine Sorge um mich einfach nicht ertragen.

»Du kannst nichts ändern, es ist so, wie es ist. Du musst aufpassen, dass du nicht selber unter die Räder kommst«, ermahnte er mich ständig. »Du musst regelmäßig schlafen; wenn du vor Erschöpfung zusammenbrichst, ist keinem geholfen!« Obwohl ich seine Fürsorge als wohltuend empfand, hörte ich kaum zu. Ich hatte einfach keine Kraft mehr, mich abends, wenn er spät von der Arbeit kam, mit ihm zu streiten. Meist zog ich mich schweigend in mein Zimmer zurück.

Mithilfe meines Computers, meines Manuskripts für den Roman, den ich angefangen hatte, konnte ich abtauchen und in eine andere Welt versinken. Meine Abschlussarbeit hatte ich zur Akademie geschickt. Nun schrieb ich über eine heile, schöne Welt, die vorerst nur mir gehören sollte. Außerdem war ich durch Zufall auf eine Internetseite gestoßen, die mich von Anfang an fasziniert hatte. In einer Fernsehsendung war auf diese Seite aufmerksam gemacht worden. Hausfrauenrevolution. Neugierig geworden klickte ich mich ein und konnte gar nicht mehr von der Seite ablassen. Erstaunt stellte ich fest, dass auf dieser Plattform Frauen und Männer über ihre ganz alltäglichen Sorgen und Nöte schrieben, sich austauschten, gegenseitig halfen. Verblüfft nahm ich zur Kenntnis, dass mir die Gründerin der HFR nicht unbekannt war: Marie Theres

Kroetz-Relin, eine Schauspielerin, die ich aus früheren Filmen kannte. Außerdem mochte ich die Filme ihrer Mutter, Maria Schell.

Als ich mich später selbst einlockte, wurde ich sehr herzlich aufgenommen. Sehr bald schon bauten sich intensive »Schreibgespräche« mit vielen bemerkenswerten Frauen auf. Obwohl ich mich anfangs sehr schwer tat, über mein krankes Kind zu schreiben, bemerkte ich sehr schnell, dass es mir unwahrscheinlich gut tat, Trost und Beistand via Internet zu bekommen. Ich musste nichts erklären, mich nicht entschuldigen, wenn ich meinen Kummer mit jemandem teilen wollte. Sie trösteten mich und gaben mir Kraft. Oftmals, wenn ich mich eine Zeit lang nicht gemeldet hatte, war mein Internetpostkasten voll mit liebevollen Nachfragen, wie es uns zu Hause gehen würde.

Ich gönnte mir weiterhin wenig Schlaf, sodass ich am Tag ständig müde und lustlos war. Auch wenn ich auf Heinz' Drängen versuchte, tagsüber Schlaf nachzuholen, ließ mich die innere Spannung, unter der ich stand, nicht los. Ich machte mir nur noch Sorgen und ignorierte die Signale meines Körpers, die bereits auf Rot standen.

Der Geburtstag von Heinz am 23. September fiel buchstäblich aus. Etwas, das in unserer Familie noch nie da gewesen war, trat ein: Ich weigerte mich strikt, Kuchen zu backen und Freunde oder Familie einzuladen. Wir hatten Daniel versprochen, an Heinz' Geburtstag mit ihm essen zu gehen. Das musste genügen. Ich wollte meine Ruhe und keinen Trubel um mich herum haben. Aus diesem Grunde war ich froh, als Heinz einen Tag vorher verkündete, dass wir nicht essen gehen könnten, da er bis spät abends in der Firma bleiben müsse. Es gab allerhand Veränderungen, die auch seinen Arbeitsbereich betrafen. Als Diplomingenieur bei einem großen Energieversorger in Berlin war er unter anderem für die Wärmeversorgung vieler Objekte der Stadt zuständig. Im konkreten Fall ging es um die Inbetriebnahme neuer Standorte, für deren fehlerfreie Abnahme er zeichnete. Daniel zeigte sich zwar enttäuscht, weil er sich auf etwas Abwechslung gefreut hatte, war aber nicht allzu traurig, weil ich ihm versprach, etwas Schönes zu kochen. So fuhren mein Kind und ich am zweiundzwanzigsten zuerst einkaufen, und zum späten Abend kochte ich das Leibgericht meiner beiden Männer: Rouladen mit Rotkohl und Klößen. Während Heinz zu Hause am Computer noch weiterarbeitete, saßen Daniel und ich auf der Terrasse, hörten leise Musik und genossen den warmen Spätsommerabend. Vor Daniel stand wieder seine Kanne Tee und ich nippte am Geburtstagswein. Wir schwelgten in seinen Kindheitserinnerungen und bemerkten gar nicht, wie die Zeit verrann. Kurz vor Mitternacht wuselten wir wie die Heinzelmännchen durchs Haus und deckten den Geburtstagstisch, um schließlich mit lautem Gebrüll genau um Mitternacht die Tür zu seinem Zimmer aufzureißen und unser überraschtes Oberhaupt zu zwingen, mit uns auf seinen Geburtstag anzustoßen.

Eine Woche später musste Daniel erneut in die Klinik. Er erhielt wiederum eine hochdosierte Chemotherapie, die letzte vor seiner Operation. Er hatte sich relativ gut erholt, grauste sich aber vor der erneuten Tortur. Es zerriss mir fast das Herz, als ich ihn im Krankenhaus ablieferte. Mein Besuch danach zeigte, dass alles so war wie zuvor. Er lag geschwächt in seinem Bett, lehnte jegliche Kommunikation mit mir ab und wollte nur in Ruhe gelassen werden.

Zu Hause angekommen zog ich mich in mein Zimmer zurück und heulte vor lauter Kummer. Warum mein Kind, warum nicht ich?, fragte ich mich wie bei jeder Chemotherapie.

SCHACHMATT

Am 3. Oktober, ich hatte ein Schlafmittel genommen, um endlich schlafen zu können, riss mich gegen halb fünf Uhr morgens der Wecker unbarmherzig aus meinem unruhigen Schlaf. Nach der kurzen Nacht fühlte ich mich müde und zerschlagen. Noch im Bett grübelte ich darüber nach, wie ich den anstrengenden Tag auf der Arbeit nur überleben könnte. Obwohl ich gern arbeiten ging, weil ich in dieser Zeit auch meine traurigen Gedanken über meinen todkranken Sohn verdrängen konnte, fühlte ich mich ausgelaugt und lustlos – und das seit Tagen schon. An diesem Tag wäre ich gern länger im Bett geblieben. Trotzdem stellte ich pünktlich um Viertel vor sechs mein altersschwaches Auto vor dem Seniorenheim ab, rannte in die untere Etage und zog mich schnell um. Ich beeilte mich, schließlich wollte ich noch vor Dienstbeginn meine morgendliche Zigarette mit meinen Kolleginnen rauchen. Wie immer blieb uns nicht viel Zeit, da ab halb sieben der Kampf gegen das unerbittliche Ticken der Uhren im Altenheim beginnt.

Nach der Dienstübergabe begab ich mich auf die obere Etage und griff mir den Pflegewagen. Noch während ich den Wagen über den Gang mit den Einbettzimmern schob, öffnet sich links von mir eine Zimmertür, und ich sah, wie eine Bewohnerin im Nachthemd und mit abgelöster Windel in der Tür stand und mich geistesabwesend anschaute. In ihrer Verwirrung versuchte sie die Füße aus der feuchten, stinkenden Umklammerung unter ihren Füßen zu ziehen. Schnell streifte ich mir Handschuhe über und befreite sie aus ihrer misslichen Lage. Behutsam führte ich die verstörte Frau ins Bad, wohlwissend, dass sie hochgradig dement war und sich vor Wasser fürchtete. Ich setzte sie auf den Duschstuhl und holte erst einmal ein Stück Schokolade aus dem Schrank.

»Schauen Sie mal, ich habe hier etwas Leckeres«, sage ich betont freundlich und bemühte mich, ihre Scham und ihre Verwirrung zu überspielen. Ich tat so, als sei es alltäglich, den eigenen Kot zu essen und mit dem Rest die Wände zu beschmieren. Nachdem ich sie davon überzeugt hatte, dass Schokolade nur zu bekommen sei, wenn sie sich waschen ließe, gelang es mir schließlich, sie zu reinigen. Schweißnass, mit triefender Kleidung bezog ich das Bett neu, kleidete sie an, reichte ihr ein Glas Tee und ein weiteres Stück Schokolade. Dann schaltete ich den Fernseher ein, ehe ich mit einem Blick zur Uhr zum nächsten Heimbewohner rannte. Flüchtig kamen mir Schuldgefühle, da diese alte Dame die flimmernden Bilder längst nicht mehr zuordnen konnte.

Ich hatte eindeutig zu viel Zeit mit ihr verbracht. Das rächte sich nun. Im nächsten Zimmer lag der Bewohner vor seinem Bett, völlig durchnässt und wütend. Er wollte selbst zur Toilette gehen, was ihm aufgrund seiner schweren Beindeformationen nur selten, und wenn doch, nur am Gehwagen möglich war.

»Wird ja Zeit, dass sich endlich jemand blicken lässt«, fauchte er mich böse an.

Ich ging auf seinen Zorn nicht ein und stellte auch keine Fragen. Dieser sonst so liebenwürdige alte Mann lebte längst schon in seiner eigenen Welt, nichts war ihm verhasster als Fragen, auf die er keine Antwort mehr wusste. Ich rief nach meiner Kollegin, gemeinsam hoben wir ihn dann auf und überspielten fröhlich seine Hilflosigkeit. Als ich endlich nach fast zwanzig Minuten zusätzlicher Zeit – Zeit, die ich nicht hatte – sein Zimmer verlassen konnte, war er wieder besänftigt.

Kurz nach acht und elf Bewohner später kündigte sich die Frühstückszeit an. Seit zweieinhalb Stunden war ich nun schon durch die Zimmer geflitzt, ständig den Blick zur Uhr, und hatte gehofft, die Bewohner einigermaßen friedlich und sauber vorzufinden. Meine Sachen hatte ich gar nicht erst gewechselt. Wozu auch? Hatte ich eh noch zwei außerplanmäßige Wasserschlachten hinter mich bringen müssen.

Der Vormittag sowie die Zeit zwischen Mittagessen und beginnender Mittagsruhe vergingen wie im Fluge. Zusammen mit meinen Kollegen rannte und hastete ich durch die Flure und den Speisesaal. Essen austeilen, Essen reichen, Medikamente verteilen, Toilettengänge vor der Mittagsruhe, Bewohner wieder aus ihren Rollstühlen heben, in die Betten legen.

Als ich endlich um halb drei Uhr Feierabend machen konnte, schlich ich müde und kaputt nach Hause. Ich legte mich aufs Sofa, nachdem ich »Vom Winde verweht« in den Videorekorder gesteckt hatte, und lies mich berieseln. Es war Freitagnachmittag, am Samstag hatte ich frei, Sonntag musste ich wieder zum Dienst. Vollkommen erschöpft wollte ich nur noch »abschlaffen«. Ich kuschelte mich in eine warme Tagesdecke und konzentrierte mich auf den Film, dessen Dialoge ich schon fast auswendig kannte, sooft hatte ich ihn schon gesehen. Deswegen hörte ich auch nicht, als Heinz, der sein Büro früher als sonst verlassen hatte, plötzlich in der Tür stand. Es war mir egal geworden, wann er nach Hause kam. Hauptsache, er ließ mich in Ruhe und ich musste nicht mit ihm reden. Doch er baute sich vor dem Fernseher auf und nahm mir die Fernbedienung ab.

»Oha, jetzt ist es wieder so weit. Mein Frauchen zieht sich Schnulzen rein.« Seine Stimme tropfte förmlich vor Sarkasmus.

Ich reagierte nicht auf seine Provokation und sah durch ihn durch.

»Lass mich, ich will das sehen«, blaffte ich ihn an.

Heinz wurde laut: »Was ist los mit dir? Wir beide wissen doch, dass du diesen Schund immer dann hervorholst, wenn du dichtmachen willst. Wenn du nicht mehr reden willst. – Rede mit mir!«

In mir brodelte es. Früher hätte ich meinem Mann aufgrund seiner unverschämten Redensweise die Fernbedienung an den Kopf geschmissen, nun zog ich mir die Decke über den Kopf und fing an zu schluchzen.

»Verschwinde, lass mich einfach in Ruhe, was willst du von mir«?, wimmerte ich unter der Decke.

Heinz setzte sich zu mir, zog mich in seinen Arm und hielt mich ganz fest umschlungen, ehe er mir sanft übers Gesicht strich und meine Tränen fortwischte.

»Komm, zieh dich an! Wir gehen schön essen, wir holen das Geburtstagsessen nach.«

Ich weigerte mich. »Jetzt, wo Daniel im Krankenhaus liegt, willst du mit mir essen gehen – vorher musstest du ja unbedingt arbeiten. «

Heinz zuckte zusammen. Ich tat ihm Unrecht. Wie so oft in letzter Zeit. Es war mir egal. So wie mir alles egal geworden war.

Heinz ließ jedoch nicht locker, bis ich mich schließlich doch anzog, mich flüchtig schminkte und mit ihm zu unserem griechischen Restaurant im Ort fuhr.

An den weiteren Fortgang kann ich mich nicht mehr erinnern, da ich am nächsten Morgen in der psychiatrischen Abteilung im Krankenhaus Rüdersdorf aufwachte. Erst dachte ich an einen bösen Traum, als gegen halb neun Uhr morgens ein junger, gut aussehender Arzt neben meinem Bett stand und mich fragte, wie ich heißen würde und ob ich wüsste, wo ich mich befände. Ich schaute mich suchend um. Als mein Blick auf vergitterte Fenster fiel, begriff ich immer noch nicht. Ich setzte mich aufrecht im Bett hin und sah den Mediziner in seinem weißen Kittel ungläubig an. Meine wie ausgedörrte Kehle ließ nur ein Krächzen zu.

»Lassen Sie mich raten, ich bin in der Klapse oder im Knast, aber besser wäre es, ich träume und wache hoffentlich gleich auf?«

Der Arzt schmunzelte. »Na ja, wir benutzen nun nicht gerade das Wort ‚Klapse', nehmen dafür ein anderes Wort, aber im Grunde genommen haben Sie Recht. Sie sind hier gestern Abend eingeliefert worden. Wissen Sie warum?«

Ich wusste gar nichts. Schnell wie der Wind schob ich mich aus dem Bett, um wenig später verblüfft festzustellen, dass ich wie eine Vogelscheuche aussah. Irgendwer musste mir mein ältestes Nachthemd angezogen haben, das ich bereits als Putztuch in meine hintere Schrankecke verstaut hatte. Als ich mich vor dem Arzt aufbaute, stolperte ich über meine weißen, zerfetzten Stoffturnschuhe. Meine ganze Aufmachung ließ mich entsetzt aus der Wäsche blicken. Gestern, als ich das Haus verlassen hatte, trug ich meines Wissens noch eine schwarze Lederhose und eine rote Seidenbluse.

Unsicher geworden versuchte ich es mit Humor: »Kneifen Sie mich mal, das ist ein schlechter Witz, oder? Ich war gestern mit meinem Mann essen und jetzt bin ich hier. War ich betrunken oder weshalb bin ich hier gelandet? Habe ich im Restaurant randaliert? Wie komme ich überhaupt hierher, wo bin ich eigentlich, in Altlandsberg?

Der junge Arzt sah mich mitleidig an, während ich mich so langsam meiner Aufmachung schämte. Sein Blick irritierte mich.

»Sie sind hier, weil Ihr Ehemann Sie gestern Abend hat einweisen lassen. Er hat den Notruf angerufen, weil er nicht mehr wusste, wie er mit Ihnen umgehen sollte. Was wissen Sie noch von gestern Abend?«

»Mein Mann hat mich in die Klapse gebracht?«, erwiderte ich, ohne auf seine Frage einzugehen. »Muss ich jetzt hier bleiben? Das darf er nicht, ich muss zu meinem Sohn. Was habe ich getan?«

Schon wieder kamen mir die Tränen. Panik überkam mich.

Heinz hat genug von mir, er hat mich abgeschoben, musste ich immerzu denken.

»Sie waren völlig aufgelöst und verwirrt und haben sich

77

in dem Stadium eines etwa zehnjährigen Kindes gefunden. Wie alt sind Sie?«

Seine leisen, sanften Fragen zerrten an meinem Nervenkostüm. Wütend warf ich dem Arzt in einem Zuge mein Alter, meinen Namen und meine Anschrift an den Kopf. Ich konnte gar nicht mehr aufhören aufzuzählen. Mein letzter Satz lautete: »Ich will raus hier, sofort, Sie dürfen mich hier nicht festhalten, ich muss morgen zur Arbeit!«

Der Arzt versuchte mich zu beruhigen. »Sie können nach dem Frühstück Ihren Mann anrufen. Er holt Sie dann ab«, sagte er, während er mich seufzend betrachtete. »Ihr Mann hat uns erzählt, in welch schwieriger Lage Sie sich momentan befinden. Bei allem Mitgefühl, doch Sie müssen kürzer treten. Heute können Sie noch nach Hause, aber wenn Sie nicht anfangen, an sich zu denken, wird es eines Tages keinen Ausweg mehr geben. Das gestern Abend war ein Alarmsignal Ihres Körpers; ich bin mir sicher, es war nicht das erste. Wir haben Sie mit Faustanspritzen ruhig stellen müssen. Ihr Mann sagte uns, dass Sie wochenlang nicht mehr richtig geschlafen hätten.«

Ich drehte mich zum Fenster und ließ ihn reden, denn ich fürchtete mich davor, meinen Mund zu öffnen, weil ich wusste, dass er Recht hatte. Nur nichts zugeben, dachte ich, sonst behalten sie dich noch hier.

Als Heinz mich nach dem Frühstück abholte, folgte ich ihm stumm zum Auto. Ich hasste ihn. Am liebsten hätte ich ihn geschlagen. Erst im Wagen stellte ich die mich quälenden Fragen. Daraufhin fing Heinz an zu weinen.

»Es tut mir so leid, ich wusste mir keinen Rat mehr. Du hast nach dem Essen, als ein kleiner Junge an unserem Tisch vorbeiging, zu weinen angefangen und konntest nicht mehr aufhören. Zu Hause hast du dich in der Küche in eine Ecke geklemmt und geredet wie ein kleines Kind. Ich habe immer wieder versucht, mit dir zu sprechen, aber ich kam nicht zu dir durch. Ich habe solche Angst um dich ausgestanden und in meiner Auswegslosigkeit den Notruf gewählt. Ich wusste nicht, wo sie dich hinbringen, ich habe es erst heute Morgen von dir erfahren. Ich konnte nicht mitfahren, da kein Platz mehr im Krankenwagen war. Hinterher fahren konnte ich doch auch nicht, schließlich hatte ich im Restaurant Wein getrunken.«

Zu Hause angekommen legte ich mich total erschöpft gleich ins Bett. Heinz wich nicht von meiner Seite. Wie ein begossener Pudel schlich er um mich herum, wobei sein schmerzverzerrtes Gesicht Bände sprach. Ich hatte ihm längst verziehen, ließ ihn aber noch ein wenig zappeln. Schließlich kniete er vor meinem Bett und hielt meine Hand: »Ich warte, bis du eingeschlafen bist, dann koche ich uns etwas Schönes!«

Kurz vor dem Einschlafen brummte ich besänftigt: »Ich verzeih dir alles, ich hätte mir auch keinen anderen Rat gewusst, als den Notruf zu wählen ... Aber dass du mich in den alten Klamotten in die Klapse gebracht hast, das werde ich dir nie verzeihen! Was soll denn der junge, hübsche Arzt von mir denken.«

Seine Antwort war bezeichnend für ihn und zeichnete ihn dennoch wieder aus: »Ich habe in der Eile nichts anderes gefunden, was weiß ich denn, wo du deine Wäsche hast, bei den vielen Schränken?« Dann stöpselte er das Telefon in meinem Zimmer aus, schlich leise zur Tür und wurde plötzlich wieder ganz laut: »Ich will, dass du dich endlich ausschläfst, nicht ans Telefon gehst und nur an dich denkst. Ich werde ein paar Tage Urlaub nehmen, damit du zur Ruhe kommst.«

Ich schlief den ganzen Nachmittag durch, sah aber am späten Abend, dass mein Göttergatte eine ganze Flasche Whisky ausgetrunken hatte. Er musste mächtig viel Kummer gehabt haben, weil er fast nie Alkohol trank.

Am nächsten Morgen ging ich um halb sechs zur Frühschicht. Nur die spätere Krankenhausrechnung und die Zuzahlung zum Transport erinnerten mich daran, dass ich nicht geträumt hatte.

MAMA, ICH WILL MEIN BEIN BEHALTEN

Am 13. Oktober holte ich Daniel wieder völlig erschöpft aus dem Krankenhaus ab. Die Chemotherapie hatte ihn dermaßen geschwächt, dass ich ihn nicht gleich ins Auto setzen konnte, um mit ihm nach Hause zu fahren. Kurzerhand brachte ich ihn über die Straße in seine Wohnung und legte ihn in sein Bett. Um mir Wege zu sparen, beschloss ich, während er schlief, in die Kaserne zu fahren, um die Kostenübernahme für die bevorstehende Operation abzuholen. Dieses Mal hatte ich Glück. Da ich nunmehr fast alle Baustellen kannte und mich mit den Umleitungen auf dem langen Weg dorthin bestens vertraut gemacht hatte, war ich relativ schnell zurück. Ich schleppte meinen Sohn, der fast drei Köpfe größer ist als ich, ins Auto, reichte ihm seine Spucktüte und fuhr mit ihm nach Hause.

Die hochdosierte Chemotherapie, die er erhalten hatte, setzte ihn erneut außer Gefecht. Sein Körper war nun schon so geschwächt, dass er zunehmend länger brauchte, um sich von der anstrengenden Tortur zu erholen. Obwohl es ihm noch sehr schlecht ging, musste ich zwei Tage später abermals mit ihm nach Berlin zurück, wo er sich im gleichen Haus vorstellte, nämlich in der chirurgischen Ambulanz. Es sollte über die bevorstehende Operation gesprochen werden. Heinz begleitete uns in seinem Auto und fuhr später zum Dienst. Er wollte unbedingt an dem Gespräch teilnehmen. Als wir nach gut einer Stunde immer noch im Wartesaal saßen, wurde ich zunehmend unruhiger. Während Heinz schon fort war und wir noch dasaßen und warteten, drohte Daniel vor Schwäche umzufallen.

Schließlich ging ich eine halbe Stunde später ins Anmeldezimmer und forderte die Schwester auf, uns sofort dranzunehmen, andernfalls würde ich das ganze Krankenhaus zusammenschreien.

Völlig aufgelöst empfing uns zwei Minuten später eine mir noch unbekannte junge Assistenzärztin, die meinen Sohn noch nie gesehen, geschweige denn behandelt hatte. Sie teilte uns mit, dass alles mächtig schief gelaufen sei, Daniels Unterlagen lägen noch nicht vor ... und eigentlich hätte er sich auf der Station melden sollen. Auf der Station wusste auch keiner etwas. Eine mir unbekannte Ärztin redete sich damit heraus, dass sie gerade erst ihren Dienst auf der Station angetreten hätte und mit Daniels Unterlagen nicht vertraut sei. Ich war deprimiert und wütend. In einem Forschungskrankenhaus behandelt zu werden, klang ja ganz gut und schön und wir fühlten uns dort auch gut aufgehoben, aber jedes Mal nach vier Monaten wechselten auch die Ärzte. Aussichten, die uns bange machten.

Schließlich konnten wir einen Tag vor Daniels Operation ein ausführliches Gespräch mit dem operierenden Arzt führen. Peter hatte extra Urlaub genommen und sich auf den langen Weg von München nach Berlin gemacht, um bei seinem Sohn während und nach der Operation zu sein. Heinz befand sich auf Dienstreise. Uns lähmte die Angst, dass Daniel sein rechtes, vom Krebs befallenes Bein verlieren würde.

Die Operation verlief gut, wobei der Tumor und das Kniegelenk entfernt wurden. Daniel erhielt einen »distalen Femurersatz«, ein künstliches Kniegelenk aus Titan. Als Heinz, Peter und ich ihn auf der Intensivstation besuchten, sah er schon wieder recht optimistisch aus. Zwar sehr geschwächt und noch ziemlich blass um die Nase konnte er aber schon wieder Witze machen.

»Wird Zeit, dass ich verlegt werde«, sagte er. »Ich kann mir Besseres vorstellen, als in eine ‚Ente' zu pinkeln, viel lieber würde ich jetzt eine essen.« Als ich meinen Mund aufmachen wollte, fiel er mir gleich ins Wort: »Mama, das war ein Scherz, komm jetzt bloß nicht auf die Idee, mir hier gebratene Enten anzuschleppen, die essen wir Weihnachten alle zusammen.«

Ich fühlte mich gleich viel besser. Eine Zentnerlast war von meinen Schultern gefallen. Daniel konnte schon wieder Zotten reizen. Doch mein Sohn sorgte gleich wieder dafür, dass meine Glückseligkeit einen Dämpfer bekam.

»Ich hoffe nur, dass die mir nicht das Blut eines Alkoholikers eingeflößt haben. Oder stehen Besoffene die Chemotherapie besser durch?«

Das war typisch mein Sohn, so teilte er uns mit, dass er während der Operation eine Blutkonserve erhalten hatte.

Am 8. November wurde Daniel von der chirurgischen Station auf »seine« Station zurückverlegt. Er lag seit gut zwei Wochen im Krankenhaus und hatte nun noch eine Chemotherapie vor sich. Infolge der Operation sowie der darauf folgenden Chemotherapie befand sich sein Blutbild in desolatem Zustand, sodass er nochmals eine Bluttransfusion erhielt. Noch während seines Krankenhausaufenthalts begann eine physiotherapeutische Behandlung für sein Bein. Tapfer ertrug er die Chemotherapie, die ihn allerdings erneut weit zurückwarf. Er hatte wiederum drei Kilo abgenommen.

Da Daniel nun schon fast vier Wochen im Krankenhaus lag, mobilisierte ich Verwandte, Freunde und Bekannte, die ihn abwechselnd besuchten. Am meisten freute er sich immer, wenn es mir gelang, meine beste und treueste Freundin Petra mitzubringen. Sie besitzt eine unbeschwert lockere Art, die meinen Sohn trotz des großen Altersunterschieds immer wieder zum Lachen bringt und aufheitert.

Petra entpuppte sich als eine sehr große Hilfe und Unterstützung bei Daniels Genesung. Wir hatten uns bei der Arbeit in einem Zeitarbeitsunternehmen in Berlin kennen gelernt. Ich trat damals meine neue Stelle an, während sie gerade gekündigt hatte, um in einem anderen Unternehmen anzufangen. Wir kamen nur flüchtig ins Gespräch, wobei sie mir mitteilte, dass sie immer noch auf der Suche nach einem passenden Job mit möglichst viel »Kohle« sei. Petra stammt aus Kapstadt, Südafrika, wo ihre Eltern Mitte der sechziger Jahre beruflich und privat sesshaft geworden waren. Petra kehrte mit fünfunddreißig Jahren nach Deutschland, den Wurzeln ihrer Herkunft, zurück. Damals war ihr Deutsch noch sehr holprig, was sie aber keineswegs daran hinderte, sofort eine Arbeit und Wohnung zu finden. In Berlin-Zehlendorf, unmittelbar neben der Schwester ihres Vaters, fand sie eine schmucke kleine Wohnung. Da Petra gern auf Menschen zugeht und diese, wie ich auch, sofort »zutextet«, gefiel mir ihre unkonventionelle, aufrichtige Art sofort. Sie ist so typisch »undeutsch«. Nur ja keine Zurückhaltung üben, immer schön offen sein – lauter Attribute, die ich ebenfalls liebe. Ich lud sie spontan zu uns nach Hause ein. Seitdem sind wir unzertrennlich, seitdem gehört Petra quasi zur Familie. Es gibt keine Feiertage, außer sie muss arbeiten, kein Familienfest, wo sie nicht zugegen ist. Sogar Jens, mein jüngerer Bruder, der ebenfalls in Berlin wohnt, bezieht sie in sein Familienleben mit ein. Petra ist ein lieber, herzensguter Mensch, der sich und das Leben nicht allzu ernst nimmt, immer für eine Posse bereit. Oftmals trieb sie ihre Späße mit Daniel im Krankenhaus so weit, dass die schüchterne Nadine abwechselnd rot und blass wurde. Aber auch Nadine hatte sich bald an Petra gewöhnt. So nahm sie es ihr schon lange nicht mehr übel, wenn diese sich feixend nach deren Sexleben erkundigte: »Keine Ausflüchte, bitte schön! Ich will eine ehrliche Antwort, immerhin bin ich Single und weiß schon gar nicht mehr, wie das geht.«

ABWECHSLUNG

Nach knapp fünf Wochen Klinikaufenthalt konnte ich Daniel wieder nach Hause holen. Wenngleich er von der Operation und der anschließenden Chemotherapie noch sehr erschöpft war, fühlte er sich einigermaßen wohl. Er ging an Krücken und ließ es sich ausnahmsweise gefallen, dass ich ständig um ihn war. Ihm blieb auch gar keine andere Wahl, da er sich nur mit allergrößter Mühe allein bewegen konnte. Ich hatte Urlaub und ein paar zusätzliche freie Tage.

Dr. Gujulla kam vorbei und veranlasste, dass Daniel seine tägliche Physiotherapie zu Hause bekam. Ich fuhr ihn zweimal wöchentlich zur Blutabnahme in die Praxis des Arztes, wo er abgeschirmt von anderen Patienten ohne Wartezeiten behandelt wurde. Im Nachhinein gesehen genossen wir die Zeit. Daniel lag während der Behandlung in meinem Bett, ich saß am Schreibtisch und wir tauschten mit der wirklich sehr netten Therapeutin Neuigkeiten über Altlandsberg aus. Obwohl wir schon seit zwei Jahren hier wohnten, war es mir aufgrund meines ständigen Zeitmangels immer noch nicht gelungen, neue Bekanntschaften zu schließen. Unsere Freunde hatten wir in Berlin zurückgelassen, mit denen wir uns nur noch selten trafen. Nur Petra »zog« mit uns mit. Sie war beim Hausbau dabei, feierte mit uns das erste Weihnachtsfest im neuen Heim und rief häufig an.

Auch Daniel genoss die Gespräche, zumal er viele Fragen zu seinem noch steifen Bein hatte. Voller Optimismus begannen wir, seine Zukunft in kleinen Stücken zu planen. Uns allen war allerdings klar, dass Daniel nun nicht mehr als Matrose zur Bundeswehr zurückkonnte. Daniel rief Frau Dröger an und ließ sich über seine Zukunftsperspektiven als Schwerbehinderter bei der Bundeswehr beraten. Da er sich für immerhin dreiundzwanzig Monate verpflichtet hatte, wollte er nicht so einfach aufgeben. Frau Dröger schickte Unterlagen, sodass Daniel sich um eine Ausbildung als Beamtenanwärter im mittleren, nichttechnischen Verwaltungsdienst der Bundeswehr bewerben konnte. Hoffnungsvoll schaute er nach vorn, wollte sich nicht unterkriegen lassen. Uns allen war wichtig, dass er keine Metastasen hatte, so viel konnten uns die Ärzte nach der Operation schon sagen. Mensch, was willst du mehr!

Zu dem Zeitpunkt ahnten wir noch nicht im Geringsten, welch schwere Belastungen noch auf meinen Sohn warteten.

Ich kochte uns schönes Essen, wir liehen uns Filme aus und hofften auf die Zukunft. Daniel sagte mir zum ersten Mal, das er froh darüber sei, eine Mutter zu haben, die sich um ihn kümmerte. Ich schwieg dazu, stellte mich auf die Terrasse und heulte wieder einmal.

Einmal wöchentlich fuhr ich mit Daniel zum Punktieren seines Knies nach Berlin in die Klinik, da er ein Kniegelenkerguss hatte, in dem sich Blut und Sekret sammelten. Sobald es meinem Sohn zunehmend besser ging, fing er zu murren an. Er wollte in seine Wohnung, nach Hause. Jetzt im November, wir registrierten schon die ersten Nachtfröste, ließ ich mich auf keine Diskussion mehr mit ihm ein. Weil seine Blutwerte sehr schlimm waren und der HB-Wert bei 1,8 lag, vermied ich es tunlichst, »Publikumsverkehr« bei uns zu haben. Außer Nadine ließ ich keinen ins Haus, noch nicht einmal Paulchen, der ständig verschnupft war. Ich konnte mich auch dieses Mal auf unseren Arzt stützen. Dr. Gujulla hatte mich mehrmals angerufen und mir äußerst besorgt mitgeteilt, dass Daniels Blutwerte aufgrund der Chemotherapie mehr als bedenklich seien.

»Daniel, hör auf deine Mutter, du musst da durch! Wenn du dich jetzt bei jemandem ansteckst, kann es dich töten.«

ADVENTSTAGE

Ende November brachte ich Daniel wieder in die Klinik. Zu diesem Zeitpunkt wussten wir noch nicht, dass ihm ein »Höllentrip« bevorstand und er nur kurz zu den Weihnachtsfeiertagen nach Hause kommen durfte. Da er praktisch keine weißen Blutkörperchen mehr hatte, musste die Chemotherapie verschoben werden. Hinzu kam, dass er durch die Chemotherapie unter anhaltender Neutropenie des Blutes litt, ein Mangel an Abwehrzellen im Blut. Bei Daniels dermaßen desolater Verfassung hätte nunmehr der auch nur kleinste Infekt genügt, seinen gesamten Organismus anzugreifen und ihn unwiederbringlich zu zerstören. So erhielt er statt der geplanten Chemotherapie Medikamente, um somit die Rückbildung der Neutropenie zu beschleunigen.

Ab dem 29. November, Daniel befand sich analog zum COSS-96-Protokoll in Woche 13 und 14, erhielt er zwei aufeinander folgende Chemotherapien in Hochdosis. Wie immer besuchten wir ihn nur kurz, denn er wollte von uns in Ruhe gelassen werden. Nadine und seine Freunde besuchten ihn abwechselnd und versuchten ihn aufzuheitern. Als ich mich einmal trotzdem an sein Bett setzte, gab er mir einen großen Umschlag, in dem sich ein großes Foto von all seinen Kameraden der Marineoperationsschule in Bremerhaven befand. Dazu noch ein Brief von Martin, einem jungen Mann, mit dem er ab und zu telefonierte und Neuigkeiten austauschte. Daniel war sehr deprimiert und niedergeschlagen.

»Hier, Mama, kannst du lesen und dann mit nach Hause nehmen. Ich brauche das alles nicht mehr.«

Sein Kummer zerriss mir fast das Herz. Sein großer Traum, doch noch zurückgehen zu können, um die Weltmeere zu umschippern, war mit der Operation wie eine Seifenblase zerplatzt. Er tat mir unendlich leid. Noch vor ein paar Monaten hatte ihm die ganze Welt zu Füßen gelegen. Nur – seine Füße hatten ihn nicht weit getragen. Nicht mehr als drei Wochen in der Fremde, nach Schule und Abitur. Viel zu wenig für einen jungen Menschen, der am Anfang seines Lebens steht.

Eines Nachmittags, Anfang Dezember, ich kam gerade vom Dienst, bekam ich einen Riesenschreck. Unser Briefkasten quoll förmlich über. Erst dachte ich schon, dass sich jemand einen bösen Scherz mit uns erlaubt und den Kasten absichtlich mit unnützem Zeug zum Überlaufen gebracht hätte. Als ich das Schloss öffnete, fielen mir Berge von Briefen und Karten aus fast allen Teilen Deutschlands entgegen. Die Hausfrauenrevolution hatte am 2. Dezember einen Aufruf gestartet, mir und der Familie, insbesondere Daniel, beizustehen. Sabine, eine warmherzige mitfühlende junge Frau aus Bayern, hatte eine Weihnachtsüberraschung für uns geplant. Sie schrieb im Forum:

Weihnachtsüberraschung für Kikis Sohn
Meine Lieben,
nach einigen Mails zwischen Kiki und mir kam mir die Idee, Kikis Sohn ein bisschen aufzumuntern. Der Arme kann ein wenig Ermutigung und Aufmunterung so gut gebrauchen.(Kiki sagt, er sei ziemlich mutlos und deprimiert momentan.)
Was haltet ihr davon, wenn er ganz viel aufmunternde Weihnachtspost von uns bekommt???? Eine nette Karte mit einigen lieben Zeilen würde schon genügen.
Wer mitmachen will, kann die Postanschrift per PN von mir bekommen – ist mit Kiki so ausgemacht.

Liebe Grüße an alle von Tessa

Daraufhin erhielten wir von mir teilweise bekannten und unbekannten Frauen und ihren Kindern jede Menge Briefe des Trostes und des Beistandes. Ich war überwältigt, weil auch übers Internet Grußbotschaften aus anderen Ländern ankamen. Österreich, Spanien, Luxemburg, Schweiz. Den ganzen Dezember über kamen Briefe, Karten, kleine Geschenke und sogar ein großer Blumenstrauß aus Barcelona.

Daniels Kräfte ließen allmählich nach, mehr und mehr sprach er darüber, dass alles sinnlos sei und er den Kampf gegen den Krebs nicht schaffen werde. Mit Entsetzen spürte ich, dass mein Sohn dabei war, sich aufzugeben. Wie zu Anfang seiner Erkrankung hatte er sich erneut von allem zurückgezogen. Er sprach kaum noch mit mir, zog sich stattdessen immer mehr in sich selbst zurück. Mehrmals bat ich ihn, sich psychologische Hilfe zu holen, was er nach wie vor kategorisch ablehnte. Ich fühlte mich hilflos, da ich nicht mehr zu ihm durchdrang.

Unlängst hatte mir Daniel den Brief seines Zimmerkameraden aus Bremerhaben zu lesen gegeben. Eines Nachts schrieb ich einen Brief an den jungen Mann, der so freundlich an seinen todkranken Zimmerkameraden im entfernten Berlin dachte. Als er schrieb, einen Bruder in Berlin zu haben und ihn über die Feiertage besuchen zu wollen, lud ich ihn spontan zu uns nach Hause ein. Das sollte eine Überraschung für Daniel werden.

Dann fing ich mit dem weihnachtlichen Schmücken unseres Heims an. Daniel hatte es schon als Kind geliebt, wenn ich überall Lichter und buntes Glitzerzeug aufstellte. Als Teenager machte er sich dann zwar lustig darüber, begann aber seine Wohnung auch festlich herzurichten. Wir hatten in den vergangenen Monaten auf so vieles verzichtet, aber Weihnachten als das Fest der Hoffnung und Liebe wollte ich aufrechterhalten.

Am ersten Advent war ich über Daniels Zustand so verzweifelt, dass ich nachts meine Gedanken im Forum der

Hausfrauenrevolution niederschrieb. Daraufhin erreichte mich erneut eine Flut von E-Mails. Obwohl ich keine der Frauen persönlich kannte, schickten sie uns Adventsgrüße mit aufmunternden Worten.

Ein Posting berührte mich zutiefst. Brigitta aus Spanien hatte in der Kathedrale von Barcelona eine Kerze für meinen Sohn angezündet. Sie schrieb:

Liebe Kiki,
die Kerze brennt in der Kathedrale von Barcelona. Da gestern der Weihnachtsmarkt eröffnet wurde, war die Kathedrale total überfüllt. Kerzen wurden an zwei Ständen verkauft, an einem standen die Menschen Schlange, es gab dort Tischkerzen. Ich ging zu einem Stand mit großen Kerzen, suchte mir eine der schönsten und größten aus. Schon stand der Priester neben mir.
Das sei aber eine außergewöhnlich schöne Kerze, für wen die denn bestimmt sei ... ob er sie segnen und ganz vorne neben dem Altar hinstellen dürfe ...?
Da ich weder dich noch deinen Sohn fragen konnte, habe ich in der Hoffnung, dass es in eurem Sinn und Geiste ist, ja gesagt.
Brigitta

Meine Antwort lautete:

Danke ihr Lieben,
ich habe soeben eine Kerze im Fenster angezündet und dabei ganz fest an euch gedacht. Liebe Brigitta, danke für die Kerze im fernen Land. Ich danke euch auf diesem Weg auch im Namen meines Sohnes.
Wenn ich eure Zeilen lese, wird mir richtig warm ums Herz. Ich habe meinem Sohn am Telefon erzählt, dass wiederum sehr viele liebe Grüße von ihm unbekannten und jungen Mädchen angekommen seien. Na ja, ihr könnt euch ja denken, was ein Einundzwanzigjähriger darauf zu vermelden hat.

Wir lachen noch immer, wenn es auch manchmal sehr schwer fällt.
Herzlichts Kiki

Marie Theres schrieb darauf:

... total schön, Brigitta, jetzt habe ich Pipi in den Augen.

Sprachlos und gelähmt

Am 17 Dezember fuhr ich gegen Mittag zum Bahnhof Neuenhagen, um meine Tochter Lisa und Klein Paulchen abzuholen. Es schneite. Wir hatten vereinbart, dass beide mit der S-Bahn kommen sollten, um mir eine Schlitterpartie auf den spiegelglatten Straßen in und um Berlin zu ersparen. Lisa und ich hatten längere Zeit nichts mehr voneinander gehört, wir wollten uns einen schönen »Weibertag« gönnen. Ich hatte uns einen Kirschkuchen gebacken, wie ihn Lisa am liebsten mag: Hefeteig und Butterstreusel.

Daniel wurde am gestrigen Tag über die Feiertage nach Hause entlassen. Er wünschte sich nichts sehnlicher, als wenigstens eine Nacht in seiner Wohnung zu schlafen, um einmal wieder ganz für sich allein sein zu können. Ich konnte ihn sehr gut verstehen. Seit Monaten hatte er in der Klinik gelegen, immer von kranken Menschen umgeben, und danach war er zu uns gekommen, wo ich ihn ständig umsorgte, was ihm auch nicht gefiel. Obwohl mir nicht wohl bei dem Gedanken war, ihn in seinem Zustand allein zu wissen, gab ich seinem Drängen nur unter der Bedingung nach, dass Heinz ihn dann aber am nächsten Tag nach Dienstschluss mit zu uns nach Hause bringen sollte.

Gerade als ich mit Paulchens Spielsachen bepackt die Haustür aufschloss, klingelte das Telefon. Lisa schnappte sich den Kleinen und fing an, ihn aus seinen warmen Sachen zu pellen. Ich eilte zum Hörer, Auto und Schnuffelhase noch unter dem Arm.

»Kommen Sie schnell, Daniel hatte einen Schlaganfall«,

vernahm ich die aufgeregte Stimme seines Freundes Michael am anderen Ende.

Bis heute weiß ich nicht, woher ich die Kraft und Ruhe hernahm, mit ihm ein ordentliches Telefonat zu führen. In Kürze hatte ich alles Notwendige erfahren. Ich legte den Hörer auf und drückte auf die Wiedergabetaste des Anrufbeantworters, dessen Lämpchen rot blinkte.

Eine resolute Frauenstimme hatte ihre Nachricht aufs Band gesprochen: »Hier ist die Neurologische Klinik in Berlin-Buch. Ihr Sohn ist heute Morgen mit Verdacht auf einen Schlaganfall eingeliefert worden, wir möchten Sie bitten, sofort zu kommen.«

Mechanisch, ohne die geringste Gefühlsregung ging ich, immer noch mit den Spielsachen unter dem Arm, auf meine Tochter zu. Diese saß kreidebleich im Flur auf dem Fußboden, den strampelnden, halb ausgezogenen Paul auf ihrem Schoß und blickte mich entsetzt an. Sie hatte das Telefonat mitgehört.

»Was ist mit Daniel?«, flüsterte sie mit erstickender Stimme.

Ruhig wie schon lange nicht mehr blieb ich vor ihr stehen. Ich hatte keine Empfindungen. Es war, als hätte jemand einen Schalter umgeknipst. Mein Kopf schien wie ausgehöhlt, während mein Verstand sich weigerte, das soeben Gehörte aufzunehmen. Nächtelang hatte ich wach gelegen, mir den Kopf zermartert, geweint und mir vorgestellt, was sein würde, wenn mein Sohn den Kampf gegen den Krebs verlieren würde, wie ich damit umgehen könnte. Nun, da offensichtlich sein Leben am seidenen Faden hing, blieb ich ganz ruhig.

»Jetzt bloß nicht durchdrehen, du musst den Weg zur Klinik schaffen«, befahl ich mir lautlos.

Ohne auf Lisas Frage einzugehen, legte ich endlich Paulchens Plastikauto aus der Hand, griff stattdessen nach einer warmen Jacke und dem Autoschlüssel. Dann hängte ich den Schlüssel wieder hin, beugte mich zu Paul und begann ihn anzuziehen. Seinen lautstarken Protest ignorierend schaute ich meine Tochter an, umklammerte meinen Enkel, der vor Müdigkeit und Wut um sich trat, und wies mit dem Kopf auf Lisas Wintermantel.

»Beeil dich, zieh dich an«, drängte ich zur Eile. »Wir müssen ins Krankenhaus, Daniel braucht uns.«

Als wir endlich im Auto saßen, war Lisa total aufgelöst, während Paul wie am Spieß schrie – nur ich wurde immer ruhiger. Da schließlich Enkel und Tochter im Auto saßen, musste ich besonders vorsichtig fahren. Ich konzentrierte mich auf die vereiste Fahrbahn, es schneite immer noch. Lisa weinte still vor sich hin und fing an, mir Fragen zu stellen.

»Was ist passiert? Schlaganfall ist doch gefährlich. Wieso Daniel, er ist doch noch so jung?«

»Stell mir bitte keine Fragen, ich dreh sonst durch«, versuchte ich sie und mich zu beruhigen. »Wir müssen Heinz und Peter anrufen. Kannst du das übernehmen? Das Handy liegt im Handschuhfach«, sagte ich. Mein Blick fiel durch den Rückspiegel auf Paulchen, der sich endlich beruhigt hatte und müde mit den Augen zu blinzeln begann. Das funktionierte zum Glück immer. Kaum saß er im Auto, konnte er auch schon schlafen.

»Was machen wir denn nun mit unserem kleinen Murkel, wir können ihn doch nicht mit in die Klinik nehmen?«

»Ich werde bei Thomas auf der Arbeit anrufen«, schniefte Lisa, immer noch nach Fassung ringend. »Er muss Paulchen am Krankenhaus abholen, ich warte so lange im Auto, bis er kommt.«

Eine halbe Stunde später stieg ich schweißnass aus dem Wagen, während Lisa und Paul sitzen blieben. Mein Schwiegersohn würde in etwa einer halben Stunde ankommen und Paulchen mitnehmen. Ohne meine Jacke überzuziehen, rannte ich über den großen Parkplatz. Das Krankenhaus an der Hobrechtsfelder Chaussee war mir bestens bekannt. Hier hatte Heinz vor fünf Jahren gegen seinen Nierenkrebs gekämpft. Mein Herz raste, weil ich bis zum vierten Stock, immer zwei Stufen auf einmal nehmend, die Treppen hochrannte. Auf den Fahrstuhl wollte ich nicht warten. Als ich Michael auf dem Flur vor dem Zimmer, in dem Daniel lag, stehen sah, lief ich laut keuchend auf ihn zu.

»Was ist passiert?«, stieß ich mit letzter Kraft aus.

Michael, der mich angerufen hatte, nahm mich zur Seite.

»Daniel hat mir heute Morgen eine SMS geschickt. Er schrieb, dass er seinen linken Arm nicht bewegen könne, er Schmerzen habe und nicht sprechen könne. Irgendwie hat er es noch geschafft, uns die Tür zu öffnen. Wir haben den Notarzt gerufen. Der hat ihn dann hier einweisen lassen, weil sie vermuten, dass der Verdacht auf Schlaganfall besteht.«

Ohne weitere Fragen zu stellen, schob ich Michael beiseite und betrat das Krankenzimmer. Vor Daniels Bett saß mein Bruder Jens, dessen Gesicht vor Betroffenheit ganz grau wirkte. Langsam, ich hatte das Gefühl eine Zentnerlast an meinen Füßen zu haben, bewegte ich mich auf meinen Sohn zu. Ein kreidebleicher Daniel saß aufrecht im Bett und schaute mich mit schreckgeweiteten, vor Angst ganz dunklen Augen an. Der rechte Arm hing schlaff herunter, während die rechte Wange leicht verschoben war. Seine innere Verzweiflung war ihm förmlich ins Gesicht gemeißelt. Auf dem Bett lagen Blätter mit verkritzelten Schriftzeichen, sein Laptop lag auf seinem Schoß. Offensichtlich versuchte er sich mitzuteilen. Nur mühsam gelang es mir, die aufsteigenden Tränen zu bändigen. Ich war schockiert. Kalte Angst stieg meinen Körper hoch.

»Was ist mit dir passiert?«, konnte ich nur mit allergrößter Anstrengung hervorbringen.

Daniel öffnete den Mund und gab nur gurgelnde Laute von sich. Er konnte nicht sprechen.

In mir tobten tausenderlei Gefühle, wobei ich mir die allergrößten Vorwürfe machte. Hätte ich nicht nachgegeben und ihn gleich von der Klinik abgeholt, wäre ihm das erspart geblieben. Erst die nächsten Tage sollten zeigen, dass ich Unrecht hatte. Auch bei uns zu Hause wäre ihm das passiert. Aus den Augenwinkeln heraus konnte ich beobachten, wie Jens lautlos ins Taschentuch schnaubte. Immer, wenn es seine Zeit erlaubte, besuchte er seinen Neffen im Krankenhaus. Wie er mir später erzählte, hatte er sich am frühen Morgen auf den Weg begeben, um Daniel in der Robert-Rössle-Klinik zu besuchen. Er wusste nicht, dass sein Neffe bereits am Vortag entlassen worden war. Eine Schwester hatte ihm mitgeteilt, dass Daniel am frühen Morgen auf die neurologische Station eines anderen Krankenhauses eingeliefert worden sei. Die Ärzte beider Kliniken hatten umgehend Kontakt zueinander aufgenommen, um sich über seinen Zustand und die weiteren Behandlungsmethoden auszutauschen.

Verzweifelt schlug mein Sohn mit dem gesunden Arm auf das Deckbett ein und fing an zu weinen. Es war das erste Mal seit seiner Erkrankung, dass ich ihn so herzergreifend weinen sah. Sein ganzer Körper bebte. Rotz und Wasser spülten seine Seele frei, machten endlich Platz für die Erkenntnis, dass er todkrank war. Ich ging auf meinen Sohn zu und nahm ihn fest in den Arm.

»Weine, mein Kind, es ist keine Schande Schwäche zu zeigen, schau dir deinen Onkel an, er heult auch ... und der ist älter als du. Wir schaffen das, wir haben doch schon ganz andere Dinge versaut.«

Über Daniels schiefes, tränenverschmiertes Gesicht huschte ein schwaches Lächeln.

O DU FRÖHLICHE WEIHNACHTSZEIT

Daniel blieb bis zum 23. Dezember in der neurologischen Klinik, nachdem Untersuchungen keinen Schlaganfall ergeben hatten. Die hochdosierte Gabe der Chemotherapie mit MTX, die in seltenen Fällen zu einer schweren toxischen Vergiftung des Organismus führen kann, hatte dazu beigetragen, dass er Lähmungserscheinungen aufwies, die dazu führten, dass er seine Fähigkeit zu sprechen und zu schreiben vorübergehend verlor. Es kam zu einer Leukenzephalopatie – Störung der Reflexe im menschlichen Körper. In der Regel baut der Körper diese Gifte wieder relativ schnell ab, wenn die MTX-Therapie abgebrochen wird. In Absprache mit den Ärzten aus der Robert-Rössle-Klinik wurde erwogen, Daniel eine alternative Chemotherapie zur Weiterbehandlung des Osteosarkoms anzubieten. Dazu sollte ein ausführliches Gespräch mit ihm, uns als Eltern und den behandelnden Ärzten stattfinden.

Am 21. Dezember besuchten Lisa, Klein Paulchen und ich Daniel am frühen Nachmittag im Krankenhaus. Ich fühlte mich krank und angegriffen. Wir gingen gemeinsam mit Daniel, der noch immer nicht klar sprechen konnte, während sein Arm auch noch fast bewegungslos war, in die Kantine des Krankenhauses, um gemeinsam zu essen. Nach nur einer halben Stunde beschloss ich, nach Hause zu fahren. Ich hatte keinen Appetit, fror erbärmlich und fühlte mich noch schlechter. Da Lisa und Paulchen die Weihnachtsfeiertage bei uns verbringen wollten, nahm ich den Kleinen gleich mit und fuhr mit ihm zu uns nach Altlandsberg. Meine Nachfrage, warum denn mein Schwiegersohn nicht mit uns feiern würde, beantwortete Lisa nicht sehr überzeugend.

»Thomas muss arbeiten, wir fahren ja am ersten Feiertag nach Hause und feiern dann zusammen.«

Lisa blieb noch im Krankenhaus, wo sie auf Heinz wartete, um mit ihm gemeinsam zurückzukommen.

Mit Müh und Not gelang es mir, meinen Enkel und mich sicher nach Hause zu bringen. Nun hatte ich Schüttelfrost und wurde von Fieberstößen gepeinigt. Ich schmierte Paulchen ein Brot, suchte jede Menge Bilderbücher zusammen, legte alles aufs Bett, mich und Paulchen dazu – und schlief sofort ein. Als Heinz und Lisa ankamen, schlummerten wir beide friedlich nebeneinander im bereits dunklen Schlafzimmer. Mich hatte eine heftige Erkältung niedergerissen. Ich fühlte mich so krank, dass ich an meinen zwei Freitagen im Bett blieb. Lisa übernahm das Zepter für die Weihnachtsvorbereitungen. Ich hatte Wochen vorher schon eingekauft und den meisten Teil davon eingefroren. Immerhin stand der Heilige Abend vor der Tür und wir erwarteten Gäste. Ich fiel aus, so viel war ihr schon klar. Auch wenn meine Tochter und ich oftmals unsere ganz alltäglichen Mutter-Tochter-Probleme haben, konnten wir uns trotzdem in »Notzeiten« ohne große Worte aufeinander verlassen. Mein Bruder Jens, Nadine und auch Peter hatten sich angemeldet. Daniel wurde am dreiundzwanzigsten entlassen, lag erschöpft im Wohnzimmer und versuchte sich mit Schreibübungen am Laptop. Obwohl die Lähmung weitgehend zurückgegangen war, klappte es noch nicht so richtig mit dem Schreiben, auch seine Sprache war noch leicht holprig. Nadine versuchte ihn aufzumuntern, was ihr dieses Mal aber auch nicht gelang.

Zu allem Unglück musste ich über die Feiertage arbeiten. Am Heiligen Abend und am ersten Feiertag hatte ich Frühschicht. Heinz war außer sich, als er vergeblich versuchte, mich davon zu überzeugen, im Bett zu bleiben.

»Du rufst jetzt sofort an und sagst, dass du krank bist,

oder ich werde das für dich übernehmen«, schimpfte er mit mir.

Wir hatten einen richtigen Krach deswegen.

»Einen Teufel werde ich tun«, krächzte ich mit heiserer Stimme. »Was glaubst du wohl, wer für mich einspringen kann?«, versuchte ich ihn zu überzeugen. »Mir glaubt doch kein Mensch, dass ich krank bin, schon gar nicht an den Feiertagen.«

Entnervt knallte Heinz die Türen und werkelte mit Lisa gemeinsam in der Küche herum. Zwischendurch verabreichte er mir Medikamente und redete erfolglos weiter auf mich ein.

Die größten Sorgen machte ich mir trotz meines vernebelten Verstandes um Daniel. Ich verpasste ihm und mir einen Mundschutz und vermied es tunlichst, ihm zu nahe zu kommen. Aufgrund seiner schlechten Blutwerte, er hatte so gut wie gar keine weißen Blutkörperchen mehr, konnte er sich in seinem Zustand eine Erkältung gar nicht leisten. Paulchen fungierte als Kurier, während ich mich auf meinem Krankenlager isoliert fühlte. Da wir im November wieder ein gemeinsames Schlafzimmer eingerichtet hatten – aus meinem Zimmer wurde ein Büro für uns zwei, Heinz' Zimmer diente uns von nun ab als Schlafgemach –, lag ich abseits vom Wohnzimmer, schaute fern oder las bei geöffneter Zimmertür. Wenn ich schon im Bett liegen musste, wollte ich wenigstens den Trubel um mich herum aus sicherer Entfernung zu Daniel mit anhören. Immer wenn ich aufstehen wollte, rief ich vorher nach dem Kleinen. Schnell wie der Wind rannte er dann mit seinen kurzen Beinchen durch das Haus und schloss die Türen zu den anderen Zimmern.

»Schnell, alle Türen zu, Omi muss mal zur Toilette«, krähte er dann ganz aufgeregt. »Onkel Daniel, du musst dich verstecken, sonst kommt der Hustenteufel und springt dich an, dann bist du noch mehr krank.«

Er nahm seine Aufgabe sehr ernst. Obwohl er erst drei Jahre war, hatte meine Tochter versucht, ihm zu erklären, dass sein Onkel sehr krank sei und wir deshalb alle ganz besonders auf ihn aufpassen müssten.

Am Heiligen Abend schleppte ich mich früh zum Dienst. Mein Fieber war weg, dafür quälte mich aber ein heftiger Husten. Ich legte mir einen Mundschutz an und verrichtete meine Arbeit. Meine Kollegen zeigten zwar Mitleid mit mir, waren aber äußerst dankbar, dass ich mich nicht krankgemeldet hatte. Unsere Personaldecke war dermaßen dünn, dass jeder Ausfall unweigerlich noch mehr Belastung für sie bedeutet hätte. Nachmittags, nach meinem Dienst, legte ich mich gleich wieder erschöpft ins Bett.

Gegen achtzehn Uhr war Bescherung. Wir hatten alle auf Geschenke verzichtet. Unser gemeinsamer Wunsch lautete: Daniel muss gesund werden. Alles andere war so nebensächlich. Keiner dachte daran, in Kaufhäuser rumzulaufen und Präsente zu kaufen. Nur Paulchen wurde reichlich beschenkt. Er packte seine Gaben aus und steckte uns mit seinem fröhlichen Lachen an. Diese kleine, reine Kinderseele weckte in uns Hoffnungen.

Hoffnung, dass unser schwer krankes Kind, der Bruder, der Neffe und der Onkel bald sein Lachen wiederfinden würde. Denn sein eigenes Lachen war ihm schon seit Langem verloren gegangen. Nur am Essen wurde nichts verändert. Lisa und Heinz hatten alle Register gezogen und ein fabelhaftes Weihnachtsessen gezaubert. Ente, Gans, Rotkohl und Klöße. Trotz meines starken Hustens fühlte ich mich einigermaßen wohl. Ich hatte meine Familie um mich und betete innerlich zu Gott, mir meinen Sohn nicht zu nehmen.

Als ich am ersten Weihnachtsfeiertag vom Dienst nach Hause kam, lag unser Haus friedlich und leer da. Peter, Daniel und Nadine waren nach Berlin in Daniels Wohnung gefahren, Lisa, Paulchen und Jens hatten nach dem gemeinsamen Mittagessen ebenfalls beschlossen, nach Berlin zurückzukehren. Keinesfalls traurig über die unerwartete Ruhe bei uns rief Heinz den Pizzaservice an und bestellte uns leckeres Essen und köstlichen Wein. Wir aßen und tranken im Bett, schauten fern und schliefen dann eng umschlungen ein, um am nächsten Vormittag lachend zu beschließen, das nächste Weihnachtsfest auf keinen Fall zu Hause verbringen zu wollen.

DANIEL GIBT AUF

Peter brachte seinen Sohn am 27. Dezember erneut in die Klinik und fuhr danach nach München zurück. Daniel konnte wieder klar sprechen, auch sein Arm war ohne Einschränkung wieder einsatzbereit. Am selben Abend rief Daniels Freund aus der Marineoperationsschule aus Bremerhaven an und teilte mir mit, dass er nunmehr auf dem Weg nach Berlin sei und Daniel besuchen möchte. Ich freute mich sehr für meinen Sohn, fuhr am frühen Morgen des darauf folgenden Tages nach Berlin-Buch, holte den jungen Mann vom Bahnhof ab und brachte ihn zur Klinik.

Obwohl Daniel dieses Mal eine geringere Dosis Chemotherapie erhalten sollte, hatte er große Angst. Körperlich und seelisch sehr angegriffen hoffte er sehnlichst, dass sich die Ausfallerscheinungen der letzten Behandlung nicht wiederholen würden. Genau wie wir wartete er ungeduldig und psychisch sehr instabil auf das Gespräch mit dem Oberarzt, der ihm versprochen hatte, eine Alternative zur aggressiven Chemotherapie mit ihm zu besprechen. Da dieses Gespräch aufgrund der Feiertage nicht stattgefunden hatte, fühlte er sich dem Kommendem hilflos ausgeliefert. Er wurde darüber informiert, dass er erst einmal kein MTX mehr bekäme, sondern die letzten vier Zyklen Doxorubicin sowie Ifosfamid und Cisplatin im Wechsel. Dazwischen sollten jeweils drei Wochen Erholung liegen.

Am Silvestermorgen, gegen neun Uhr, klingelte das Telefon. Eine Schwester der Station 1B bat mich, ein Gespräch mit dem diensthabenden Arzt entgegenzunehmen. Das Klicken der Weiterschaltung hallte wie das Dröhnen eines Presslufthammers in meinem Ohr. Schlagartig wurde mir bewusst, dass wieder etwas mit meinem Sohn nicht stimmen konnte.

Die Stimme des Mediziners klang ruhig und sachlich: »Ich möchte Sie darüber informieren, dass Ihr Sohn uns gebeten hat, seine Papiere fertig zu machen. Er hat die zurzeit laufende Chemotherapie abgebrochen und möchte die Klinik umgehend verlassen.«

Mir stockte der Atem, eine stählerne Faust drückte meinen Magen zusammen. Wovon redet der Mensch, versuchte ich sekundenschnell zu begreifen.

»Welche Papiere?«, gab ich meiner Verwunderung Ausdruck. »Ich dachte, Daniel sollte erst nach Neujahr entlassen werden?« Ich hatte nichts begriffen. Mein Verstand weigerte sich, die böse Ahnung, die in mir hochstieg, zuzulassen.

»Daniel lehnt es ab, die weiteren notwendigen Infusionen aufzunehmen. Er hat darauf bestanden, dass wir seine Entlassung vorbereiten, möchte aber vorher noch mit Ihnen reden. Wir haben versucht, ihn von seinem Vorhaben abzubringen, dringen aber nicht mehr zu ihm durch. Er möchte noch heute nach Hause.«

Ich schluckte mühsam mein Entsetzen über das soeben Gehörte hinunter. Nun schien es so weit zu sein. Der Tag, vor dem ich mich am meisten gefürchtet hatte, war eingetreten. Mein Sohn wollte aufgeben. Er hatte keine Kraft mehr. Diese verfluchte Chemotherapie hatte seinen Kampfgeist zerstört. Mein Kind hatte sich entschieden. Er wollte und konnte nicht mehr um sein junges Leben kämpfen. Die Wucht dieser Erkenntnis traf mich so unvorbereitet, dass ich zu taumeln anfing. Ich lehnte mich gegen den Schreibtisch und versuchte, die zitternden Hände ruhig zu halten. Am liebsten hätte ich das Telefon, diesen ständigen Überbringer schlechter Nachrichten, durch den Raum geschleudert. Stattdessen versuchte ich mich auf die Worte am anderen Ende der Leitung zu konzentrieren.

»Ihr Sohn ist zwar volljährig und kann somit für sich selber entscheiden, aber ein Abbruch der Behandlung zum jetzigen Stadium würde bedeuten, dass seine Krebserkrankung nicht austherapiert ist und jederzeit wieder ausbrechen kann.«

»Ich komme sofort«, rief ich in den Hörer und legte einfach auf.

Heinz, der das Gespräch mit angehört hatte, nahm mich stumm in den Arm und hielt mich fest umklammert. In mir war alles abgestorben, leer und ausgebrannt. Mein Kopf, mein Körper, mein ganzes Sein. Heinz wollte mich ins Krankenhaus fahren. Obwohl ich mich nach der Nacht in der Psychiatrie nicht mehr gegen seine Fürsorge zur Wehr gesetzt hatte, lehnte ich seine Begleitung ab.

»Das ist eine Sache zwischen mir und meinem Sohn«, gab ich ihm sehr verletzend zu verstehen. Ich hatte mich wieder ein Stück von meinem Mann entfernt.

Im Krankenhaus angekommen fiel mir als Erstes die gespenstische Ruhe auf den langen Fluren auf. Erst viel später wurde mir bewusst, dass Silvester war und viele Patienten nach Hause konnten. Langsam schritt ich den langen Gang zum Fahrstuhl entlang, von meiner Angst zurückgehalten, meinem Sohn gegenüberzutreten. Wie würde er mich empfangen? Entschlossen und uneinsichtig oder verhandlungsbereit?

Als ich den Eingangsbereich der unteren Etage passierte und den langen Gang zum Fahrstuhl ansteuerte, vernahm ich aus der Ferne leise Klaviermusik. Verwundert folgte ich den Klängen, die aus dem darüberliegenden Geschoss hallten. Im großen Besucherfoyer des ersten Stocks angekommen verschlugen mir die sanft klingenden Töne an diesem Ort des Schreckens schier den Atem. Eine Frau mittleren Alters, deren Kopf kunstvoll mit Seidentüchern umschlungen war, spielte voller Leidenschaft und Hingabe die Mondscheinsonate von Ludwig van Beethoven. Sie hielt ihre wimpernlosen Augen, aus denen unaufhörlich Tränen rannen, geschlossen und gab sich ganz ihrem eigenen Spiel hin. Eine beinahe unsichtbare Kraft ging von dieser zarten Person aus und zog mich in ihren Bann. Kein Mensch außer mir war weit und breit zu sehen. Ich setzte mich abseits, verborgen hinter Blumenrabatten an einen Tisch, und versuchte, dem Spiel der unglücklichen Frau zu lauschen. Es gelang mir nicht wirklich. Einerseits tat mir diese ausgemergelte, blasse Frau, der deutlich anzusehen war, dass sie den Kampf gegen ihren heimtückischen Feind im Körper längst verloren hatte, unendlich leid. Andererseits bewunderte ich ihren Mut, ihr Schicksal anzunehmen und musikalisch Abschied vom Leben zu nehmen. Meine Gedanken schweiften zu meinem Sohn, eine Etage höher, der dabei war, den Kampf gegen den Krebs aufzugeben. Ich fragte mich, wie ich ihm gegenübertreten sollte? Wir hatten nie übers Aufgeben gesprochen, darauf war ich nicht vorbereitet. Tausend Gedanken schwirrten durch meinen schmerzenden Kopf. Ich musste ihn unbedingt davon überzeugen, am Leben festzuhalten. Aber wie? Zum ersten Mal während seiner langen Krankheit spürte auch ich meine Kräfte schwinden. Ich war unendlich müde und erschöpft. Die Frau am Klavier machte mir auf grausame Weise klar, dass es Mächte im menschlichen Körper gibt, die stärker sind als der eigene Wille.

Ich fühlte mich besiegt, so besiegt wie mein Sohn, der sich aufgegeben hatte.

Nach einer Weile des Zuhörens stand ich auf, streckte die Schulter und ging, ohne mich nochmals umzudrehen, mit schnellen Schritten auf den Fahrstuhl zu. Nein, du besiegst mich nicht, du schwacher Geist da drinnen in mir, redete ich mir unaufhörlich ein. Glaube ja nicht, dass ich zulassen werde, dass mein Sohn sich davonstiehlt, noch sind wir nicht am Ende.

Zwei Wochen später erfuhr ich durch ein zufällig mit angehörtes Gespräch in der Kantine, dass die Klavierspielerin am Neujahrstag friedlich eingeschlafen sei.

Bevor ich zu Daniel ging, führte ich noch ein ausführliches Gespräch mit dem diensthabenden Arzt.

»Wir haben alles versucht, ohne Ergebnis«, gab er mir zu verstehen. »Daniel beharrt auf seinen Wunsch, noch heute die Klinik zu verlassen.«

In sich zusammengekauert und gespenstisch blass lag Daniel im Bett und schaute aus dem Fenster, als ich auf ihn zutrat. Obwohl er mich erwartet hatte, ignorierte er mich vollends. Die anderen drei Betten im Zimmer waren leer, Grund genug für ihn, sich noch verlassener vorzukommen. Neben seinem Bett stand, einem Wächter gleich, der orangefarbene Ständer mit den schwarz beklebten Infusionsbeuteln, die darauf warteten, ihr Gift in den geschundenen Körper meines Kindes laufen zu lassen. Wie Spinnenbeine hingen die Infusionsschläuche lauernd an den Seiten des metallenen Ungetüms herab. Es zerriss mir fast das Herz, ihn so hilflos vor mir zu sehen. Mein ehemals starker, schöner Sohn lag als gebrochenes Wrack vor mir. Lautlose Tränen, die ihm unaufhörlich übers Gesicht rannen, hinterließen dicke Spuren auf seinem verpickelten Gesicht. Noch im Stehen umklammerte ich seine eiskalte rechte Hand und umschloss sie mit beiden Händen. Dann setze ich mich stumm an sein Lager, um einvernehmlich mit ihm zu schweigen. Genau wie er heftete ich meinen Blick auf einen imaginären Punkt der kahlen Bäume vor der Klinik. Wie in einem Stummfilm lief Daniels Kindheit in Bildern vor mir ab. Ich sah den kleinen Jungen, der fast bis zu seinem siebenten Lebensjahr auf meinen Schoß geflüchtet war, weil er sich vor fremden Menschen gefürchtet hatte; sah ihn als schmächtiges Kind mit seiner übergroßen Schultüte, umrahmt von mir und Heinz. Ich sah seine Geburtstagsfeiern im Kreise der Verwandten, sah, sein betroffenes Gesicht über ein schlechtes Schulzeugnis und wie er kleinlaut verkündete, nicht mit uns essen gehen zu können, da sein Zeugnis aus undefinierbaren Gründen »grottenschlecht« sei. Sah unsere vielen gemeinsamen Ausflüge mit dem Fahrrad, seine Jugendweihe mit der Feierstunde im Friedrichstadtpalast. Zu guter Letzt sah ich ihn auf seinem Abschlussfest zum bestandenen Abitur sowie seine Freude darüber, uns Nadine vorstellen zu können. Wie in Zeitlupe schwammen die Bilder an meinem geistigen Auge vorbei und bewegten sich tanzend auf einen dunklen Abgrund zu. Mein ganzes Leben habe ich meinen Sohn vor Gewalt und Schmerz beschützen können. Nie hätte ich geargwöhnt, dass sein Schicksal vorbestimmt war und er zum ersten Mal ganz allein gegen Dämonen kämpfen musste, zu denen ich keinen Zugang hatte.

»Mama, was wird mit mir, wenn ich jetzt aufgebe? Habe ich eine Chance?

»Du kennst die Prognose! Siebzig bis achtzig Prozent Heilungschance, aber nur bei Mitnahme der gesamten Chemotherapien.«

»Ich schaffe das nicht«, jammerte er mit weinerlicher Stimme. »Ich will nicht mehr. Es ist so unmenschlich, so hart, ich halte diese Torturen nicht mehr aus.«

Mein Magen zog sich zusammen. Am liebsten hätte ich ihm auf der Stelle meinen gesunden Körper überlassen, hätte alles dafür getan, ihn von seinen Qualen zu erlösen.

»Rede dir das nicht ein. Du wirst es schaffen. Wenn du jetzt aufgibst, war alles umsonst. Sieh mal, du bist fast auf dem Berg. Noch zwei Chemotherapien, dann bist du bei neun – also auf dem Gipfel. Ab nächsten Monat steigst du den Berg wieder abwärts, hin zum Ziel. Es wird Frühling werden, dann kommen deine Kräfte zurück. Du darfst nicht aufgeben.«

Daniel funkelte mich böse an. Sein Ton triefte nun vor Sarkasmus und verzweifelter Wut: »Wie du redest? Hast du dir schon mal selber zugehört? Frühling und Blumenduft. Du laberst nur gequollenen Scheiß. Na klar, dich betrifft es ja nicht. Du gehst wieder schön locker hier raus, feierst Silvester, und ich liege hier und faule vor mich hin. Woher willst du wissen, was ich fühle, wie es mir wirklich geht? Du bist nur meine Mutter, du bist nicht ich.« Plötzlich hielt er inne und schaute mir direkt ins Gesicht. Seine Stimme überschlug sich fast vor Angst, als er fortfuhr: »Erst gestern haben sie einen abtransportiert. Der hatte auch Knochenkrebs und ist trotz der vielen Chemotherapien gestorben. Wenn ich schon verrecken muss, dann will ich das zu Hause tun.« Daniel holte kurz Luft, sprach dann etwas leiser, hoffnungsvoller. »Vielleicht habe ich aber auch Glück. Immerhin wurde der Krebs bei mir rechtzeitig erkannt und die bisherigen Chemokeulen haben ausgereicht, um alles wegzuätzen.«

Schlagartig wurde mir bewusst, dass Daniels Gedanken schon länger um den Abbruch der Behandlung kreisten. Er hatte längst für sich entschieden, die Chemotherapie zu beenden, wollte aber meine Zustimmung, praktischerweise seine Rückversicherung, um später jemanden zu haben, dem er mit seinen Schuldzuweisungen ein schlechtes Gewissen verabreichen konnte. Wie früher, dachte ich, als er noch ein kleiner Junge war. Auseinandersetzungen mit uns als Eltern waren ihm ein Groll. Er hatte alles Erdenkliche angestellt, um Zusammenstöße gerade mit mir zu vermeiden, weil er einfach nur Harmonie um sich haben wollte. Oftmals hatte er versucht, mit mir zu handeln. Sein Taschengeld und die von Muttern hergestellte Bequemlichkeit waren ihm heilig. Bereits mit sechs Jahren hatte Daniel sein ganzes kindliches Verhandlungsgeschick eingesetzt, um den wöchentlichen Betrag zu erhöhen, oder er feilschte mit mir um zusätzliche Annehmlichkeiten.

Seine Taktik war stets dieselbe: »Ich räume mein Zimmer erst auf, wenn du mir dafür mehr Taschengeld gibst.« Oder: »Wozu brauchst du eigentlich einen Videorekorder, das bisschen, was ihr euch anschaut, könnt ihr auch in meinem Zimmer sehen.«

Oftmals gelang es ihm, mich um den Finger zu wickeln. Versagte sein Verhandlungsgeschick, wartete er tagelang geduldig ab, um mich bei passender Gelegenheit von Neuem weich zu klopfen. Ganz selten nur hatte er versucht, seinen Willen mit Druck durchzusetzen. Daniel vertraute uns, er wusste, dass er im Gegensatz zu einigen seiner Freunde Eltern hatte, die ihn bedingungslos liebten und die, wenn auch mit einem Augenzwinkern, jederzeit verhandlungsbereit waren.

Aber nun lag die Sache anders. Hier gab es nichts zu verhandeln. Ich war nicht bereit, seine bereits gefällte Entscheidung zu akzeptieren. Dies war kein Spiel mehr – hier ging es um sein Leben.

»Hör endlich auf, dich selber zu belügen«, bemühte ich mich, sachlich zu bleiben. »Das bringt dich nicht vorwärts. Was glaubst du, wo du landen wirst, wenn du hier rausgehst? Willst du so krank, wie du jetzt bist, zum Bund zurück? Du besitzt ja noch nicht einmal eine Krankenkasse, die die Kosten der Weiterbehandlung übernehmen wird; oder glaubst du, dass du ab morgen gesund bist? Wach endlich auf! Willkommen in der Wirklichkeit. Bevor du alles hinschmeißt, könnten wir uns doch Gedanken über Alternativbehandlungen machen!«

Daniel schwieg eine Weile, ehe er richtig böse wurde: »Mama, hör auf, mir immer wieder irgendwelchen Mist vorzuschlagen. Wir wissen doch beide, dass Kräuter und Essenzen nur Augenwischerei sind. Du kannst mir so viele Möglichkeiten und Alternativen vorschlagen, wie du willst, es wird mich nicht überzeugen. Ich gehe nach Hause! Basta! Außerdem hast du mir gar nichts zu befehlen, schließlich bin ich erwachsen.«

Das brachte auch mich auf die Palme. Gleichzeitig wusste ich aber, dass von nun an jedes weitere Wort von mir unweigerlich dazu führen würde, ihn noch sturer reagieren zu lassen. Entschlossen, mich nicht von ihm unterkriegen zu lassen, stand ich auf, zog meine Jacke über und ging zur Tür.

Zornig über meine eigene Unfähigkeit, Daniel an seinem Vorhaben zu hindern, zischte ich ihm zu: »Ich habe dich nicht neun Monate mit mir herumgeschleppt, fast mein

Leben bei deiner Geburt verloren, mich ständig um deine Wehwehchen gekümmert, dir jeden Wunsch von den Lippen abgelesen und mich jahrelang mit dir rumgeplagt, um mir jetzt das Geplärre eines Jammerlappens anhören zu müssen. Sieh doch zu, wie du klarkommst, geh nach Hause, aber rechne nie wieder mit meiner Hilfe.«

Mutlos setzte ich mich in das Besucherzimmer gegenüber vom Schwesternzimmer, um mich zu sammeln. Ich würde nicht aufgeben, das war klar, aber ich brauchte eine Verschnaufpause, damit ich mir eine neue Taktik ausdenken konnte. Während ich mir überlegte, welche Argumente noch wirkungsvoller wären, hörte ich vom anderen Ende des Flures eiliges Fußgetrappel. Ich sah, wie eine Schwester Daniels Zimmer betrat. Ich stand auf und schaute, ohne das Krankenzimmer zu betreten, durch den offenen Türspalt, sodass Daniel mich nicht bemerken konnte. Er ließ sich wieder anstöpseln. Lautlos, ohne mich bemerkbar zu machen, schlich ich mich, am Ende meiner eigenen Kräfte und still vor mich hinweinend, aus dem Krankenhaus.

Am späten Nachmittag kam Petra. Zu dritt fuhren wir in die Klinik zurück und fanden zu unserer Überraschung einen ziemlich gefassten Daniel vor. Er hing nun schon über Stunden am Tropf und wirkte äußerst angeschlagen. Trotzdem wollte er nicht, dass wir wieder gingen. Die freundlichen Schwestern der Station hatten zwei Betten zusammengeschoben und erlaubt, dass Nadine in der Silvesternacht bei Daniel bleiben konnte. Sie hatten Papierschlangen und Konfetti auf den Fluren und in den Zimmern verteilt und sich selbst mit allerlei buntem Firlefanz behangen. Mit Daniel zusammen lagen an diesem Tag nur vier Patienten auf der Station. Gegen neunzehn Uhr bestellten wir beim Pizzaservice Essen und Wein, um in betont fröhlicher Runde auf das neue Jahr zu warten. Obwohl Daniel sehr erschöpft war, hielt er sich tapfer. Sein kalkweißes Gesicht mit den dunklen, traurigen Augen sowie die ständig tropfende Infusion mahnten uns, nicht zu ausgelassen zu sein. Ich spürte, dass Gevatter Tod sich in unmittelbarer Nähe befand und lauernd darauf wartete, sein Opfer zu packen.

Aus der Ferne hörten wir Raketen und Böller. Wir selbst hatten ausreichend Tischfeuerwerke dabei und verursachten damit eine schöne Sauerei im Krankenzimmer. Zwischendurch legte sich Petra, die seit einer Woche Nachtschicht im Callcenter schob und zwischendurch nur den Sylvesterabend frei hatte, in ein freies Krankenbett und schlief selig ein.

An diesem Abend war alles erlaubt.

Gegen einundzwanzig Uhr – Daniel konnte vor Erschöpfung und Müdigkeit nicht mehr aufrecht in seinem Bett sitzen – weckten wir Petra und fuhren nach Hause. Dort angekommen überlegte Heinz, noch eine Flasche Sekt zu köpfen und auf den Jahreswechsel zu warten. Diesen Entschluss verwarfen wir einstimmig, da keinem nach Feiern zumute war und ich bereits um halb fünf Uhr aufstehen musste, um zur Frühschicht zu fahren. Wir schliefen so tief, dass wir den Jahreswechsel zu 2004 buchstäblich verschliefen.

Erst knapp ein Jahr später, sagte mir unser mitbehandelnder Arzt aus Altlandsberg, dass Daniels Leben damals am seidenen Faden gehangen und er selbst geglaubt hätte, dass er es nicht schaffen würde.

Bild 10: Daniel und Nadine: Abiturabschlussessen im Juni 2003

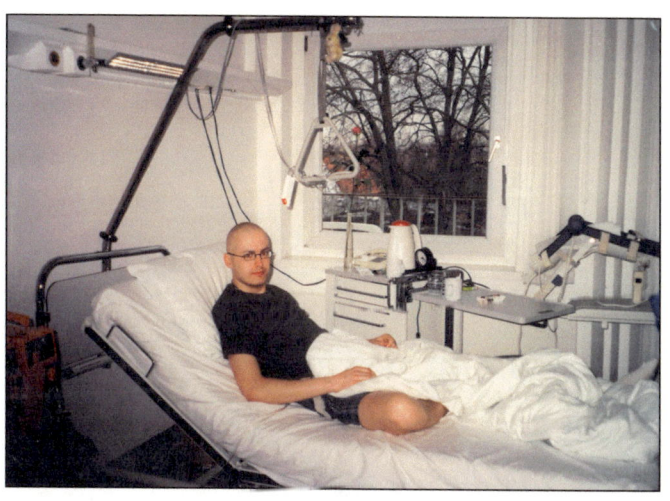

Bild 11: bei Daniel nach der ersten Chemotherapie im August 2003

Bild 12: Daniel in Altlandsberg

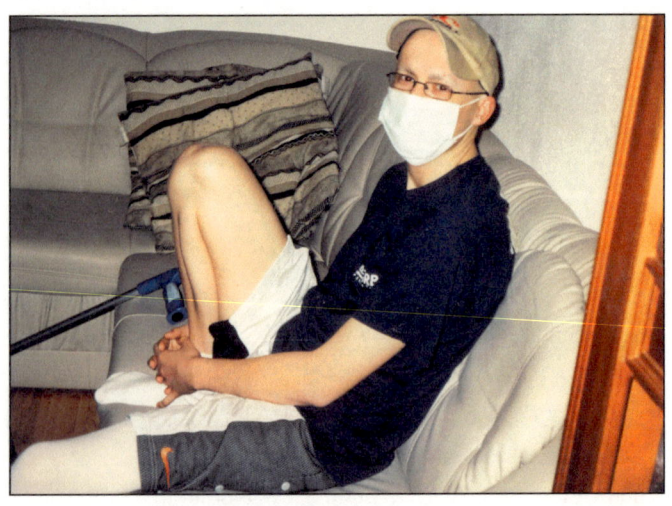

Bild 13: Daniel in Altlandsberg, Weihnachten 2003

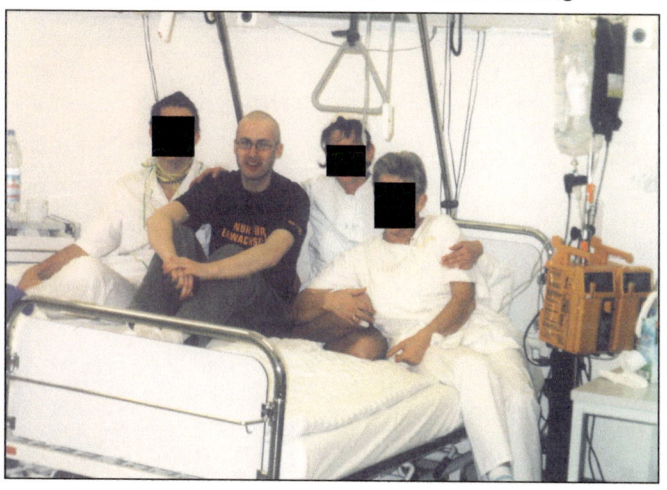

Bild 14: Daniel und Nadine, Weihnachten 2003

Bild 15: Silvester im Krankenhaus

Bild 16: Silvester im Krankenhaus Nadine, Petra und Heinz

Bild 17: Daniel und Heinz, Bremerhaven im April 2004

KOSTENSTREIT

Daniel vertrug die veränderte Form der Chemotherapie relativ gut. Obwohl er sich nach dem Gespräch mit den Ärzten bezüglich der neuen Dosierung mit Ifosfamid und Cisplatin sicherer fühlte, verließ ihn nun nicht mehr die Angst, wieder gelähmt zu werden. Er wurde ungeduldig und brauste schnell auf, wenn ich versuchte, ihm seine Ängste zu nehmen. Obzwar vermehrt auch von ärztlicher Seite geraten wurde, sich psychotherapeutisch betreuen zu lassen, lehnte Daniel dies kategorisch ab. Auch ich war mit meinem Latein längst am Ende. Mehr und mehr fiel ihm meine Fürsorge zur Last; er fühlte sich von mir gegängelt und bevormundet. Je kränker er wurde, umso besorgter reagierte ich. Ich konnte nichts dagegen tun. Da mir Silvester immer noch in den Knochen lag, hatte ich Angst, nicht mehr zu ihm durchdringen zu können. Als ich ihn mehrmals gebeten hatte, die Psychotherapeutin aufzusuchen, verlor er einmal die Kontrolle.

»Ich bin nicht bekloppt, begreif das doch endlich. Lass mich einfach nur in Ruhe, du gehst mir nur noch auf den Geist«, giftete er mich böse an.

Die langwierige Behandlung sorgte dafür, dass sich sein Allgemeinbefinden und seine Psyche in ständigem Auf und Ab befanden. Seine Gefühlswelt schwankte wie ein Sturm auf dem Ozean. Tagelang tauchte er während der Chemotherapie in Wellen von Übelkeit, Abgeschlagenheit und Depressionen unter. Kaum ließen ihn die dunklen Mächte wieder nach oben und hatte er sich etwas erholt, da ging das Martyrium wieder von vorne los.

Daniel wurde immer verschlossener. Er ließ uns so gut wie gar nicht mehr an sich heran, war nur noch gereizt und ging mir auch zu Hause aus dem Weg. Er drehte seine Musik laut auf, malträtierte den Laptop und sprach fast gar nichts.

Als hätte er noch nicht genug gelitten, kam nun eine schwerwiegende Komplikation dazu. Der Mangel an weißen Blutzellen führte zur Neutropenie. Dieser Begriff setzt sich aus dem Fachwort für eine bestimmte Art von Blutzellen (neutrophile Granulozyten) und der griechischen Übersetzung von Mangel (-penie) zusammen. Die auch als Neutrophile bezeichneten Zellen zählen zu den sogenannten weißen Blutkörperchen (Leukozyten) und übernehmen einer der wichtigsten Aufgaben im körpereigenen Abwehrsystem des Menschen. Sie sind für die schnelle Vernichtung eingedrungener Krankheitserreger zuständig. Eine Neutropenie kann schwerwiegende Folgen haben und sogar zum Tode führen. Durch die hochdosierte Form der Chemotherapie wurde nicht nur der Knochenkrebs bei Daniel bekämpft, sondern auch gesundes Gewebe geschädigt. Insbesondere jene Organe waren betroffen, die ihrerseits viele neue Zellen produzieren. An vorderer Stelle lagen hier die Haarfollikel, die Schleimhäute und das Knochenmark. Als weitere Konsequenz nahm die Neubildung von weißen Blutzellen ab. Somit sah er sich Infektionen jeglicher Art praktisch schutzlos ausgeliefert.

Daniel bekam zur Verminderung des Risikos von schweren Infektionen in der Phase der Neutropenie nach der Chemotherapie die Gabe eines hämatopoetischen Wachstumsfaktors (G-CF). Dadurch wurde die Gefahr von schweren Infektionen deutlich verringert, befreite ihn aber nicht davon, die Chemotherapie bis zum bitteren Ende durchzuführen.

Als ich Daniel Anfang Januar an einem späten Freitagnachmittag nach meinem Dienst aus dem Krankenhaus abholte, war guter Rat teuer. Zu dieser späten Uhrzeit würde ich niemanden mehr in der Bundeswehrkaserne erreichen, um mir das notwendige Rezept für die sehr teuren Spritzen unterschreiben zu lassen. Außerdem musste das Medikament erst bestellt werden, spätestens am Mittwoch würde ich es vom Bundeswehrkrankenhaus in Berlin-Mitte abholen können. Es war schon viel zu spät, um noch handeln zu können. Ich setzte Daniel in seiner Wohnung ab und ging zurück in die Klinik. Zuerst fragte ich eine Schwester, die gerade den Flur entlanglief, ob sie mir über das Wochenende Spritzen überlassen könne.

»Das geht nicht! Sie müssen mit dem Krankenbericht zu Ihrer zuständigen Krankenkasse fahren und sich bestätigen lassen, dass diese die Kosten dafür übernimmt«, sagte sie sehr resolut und lief auch schon weiter.

Konsterniert schaute ich ihr hinterher. Keinesfalls gewillt, ohne das Medikament das Krankenhaus zu verlassen, setzte ich mich in den Flur und wartete, bis nach einer Weile eine Ärztin in das Schwesternzimmer lief. Ich folgte ihr unaufgefordert und schilderte mein Begehren.

»So leid es mir tut«, gab sie mir sachlich und betont freundlich zu verstehen, »ich kann Ihnen da nicht weiterhelfen. Sie müssen erst zur Krankenkasse, um die Kostenübernahme bestätigen zu lassen.«

In mir stieg Verzweiflung hoch, während vor meinem geistigen Auge die ausgemergelte Gestalt meines Sohnes erschien. Er hatte überhaupt keine Abwehrkräfte mehr, konnte sich nirgends frei bewegen und hatte ständig Angst vor einem erneuten körperlichen Zusammenfall. Außerdem war es bitterkalt, ein Windstoß würde genügen, eine Erkältung heraufzubeschwören. Ich brauchte die Spritzen, um angstfrei übers Wochenende zu kommen. Obwohl ich mich bemühte, höflich zu bleiben, konnte ich nicht mehr an mich halten. Ich wollte unbedingt ein paar Spritzen mitnehmen, wäre sogar bereit gewesen, dafür einen Mord zu begehen.

»Können Sie mir bitte sagen, wie ich heute um diese Zeit noch jemanden erreichen kann, der mir den beschissenen Schein unterschreibt? Sie wissen doch selber, dass es bei Daniel noch nie Probleme mit der Kostenübernahme und den anfallenden Rechnungen gab. Die Bundeswehr hat bisher alles bezahlt und wird dies auch weiterhin tun. Ich erreiche dort heute auch keinen mehr – also, was soll ich Ihrer Meinung nach tun? Soll ich mir das Medikament stehlen?«

»Nun bleiben Sie doch sachlich, mir sind doch auch die Hände gebunden«, versuchte sich die junge Frau zu rechtfertigen. »Wir haben hier ein begrenztes Kontingent, welches außerdem nur für den Klinikgebrauch bestimmt ist. Ich kann Ihnen nicht helfen.«

Ich gab nicht auf, zwang mich mit allergrößter Anstrengung ruhig zu bleiben und meinen Ton zu mäßigen: »Was wäre, wenn Daniel noch hier wäre, dann müssten Sie ihn doch auch spritzen, es gibt doch immer Notfälle. Bitte, geben Sie mir nur vier Spritzen bis Dienstag. Ich schicke noch heute ein Fax an die Kaserne, spätestens am Mittwoch kann ich dann die Medikamente abholen«, bettelte ich. »Ich verspreche Ihnen, dass ich das Medikament sofort zurückgebe. Bitte!«

Die Ärztin sagte kein Wort mehr, verschwand einfach aus dem Zimmer. Hilflos blieb ich stehen, starrte die offene Tür an. Ich war zu weit gegangen. Verzweifelt setzte ich mich wieder in den Gang, hielt mir meine Winterjacke vor das Gesicht und fing an zu weinen. Ich schämte mich meiner Tränen nicht. Viel zu oft habe ich weinende, mutlose Menschen hier in der Klinik gesehen, da fiel ich gar nicht groß auf.

Plötzlich fühlte ich eine warme Hand auf meinem Kopf. Mit einem grünen Karton aus Polysterol stand die junge Ärztin vor mir.

»Bitte schön, ich habe Ihnen fünf Spritzen eingepackt, achten Sie nur darauf, dass sie immer gekühlt bleiben.«

Lachend und weinend zugleich griff ich nach dem Karton.

»Entschuldigen Sie ... ich ...«

»Schon gut, aber wirklich nur bis Mittwoch. Ich komme sonst in Teufels Küche.« Sie hielt mir einen Zettel hin, auf dem ich die Spritzen quittierte.

Von da ab, bis Mai, erhielt Daniel, wenn er über das Wochenende entlassen wurde, als Überbrückung von der Klinik die Spritzen, die ich dann immer bei seiner erneuten Einweisung zurückgab.

Licht am Ende des Tunnels

Mitte Januar erhielt Daniel von der Wehrbereichsleitung Ost in Strausberg bei Berlin eine Einladung zum Test auf seine Bewerbung vom November. Ich nahm den Brief mit ins Krankenhaus, freute mich riesig. Doch Daniel stopfte das Schreiben unwirsch in die Schublade des Nachttisches.

»Das mache ich nicht, wie soll ich das schaffen? Außerdem kann ich sowieso nicht, ich muss an diesem Tag wieder in die Klinik!«

Er hatte Recht. Der Test sollte am 10. Februar, einem Dienstag, stattfinden.

»Wir können die Ärzte fragen, ob sie die Chemotherapie um einen Tag verschieben können«, gab ich nicht auf.

»Mama, vergiss es!«, knurrte Daniel zurück. »Hast du vergessen, wie viele Leute hier auf ein Bett warten? Ich bin für den zehnten wieder angemeldet, also werde ich auch am zehnten hier sein. Geh du doch für mich zum Test!«

Am liebsten hätte ich ihm eine runtergehauen. Seine ständige Gereiztheit und schlechte Laune gingen mir allmählich zu weit. Ich erkannte meinen Sohn schon lange nicht mehr wieder. Im Gegensatz zu früher verhielt er sich mir gegenüber rüpelhaft, fiel mir ständig ins Wort, tat absichtlich Dinge, von denen er wusste, dass sie mich zur Weißglut bringen. Mit der Tür knallen und am Essen mäkeln waren noch harmlose Dinge. Allmählich regte sich Wut in mir. Sicherlich war er sehr krank, das konnte aber noch lange nicht als Entschuldigung für ihn dienen, sich so schlecht zu benehmen. Ich beschloss, mir sein mieses

Verhalten nicht mehr länger gefallen zu lassen. Ohne mich um die Mitpatienten im Zimmer zu kümmern, zog ich den Brief aus der Schublade, steckte ihn in die Handtasche, griff zur Jacke und wandte mich der Tür zu.

»Weißt du was, mein Sohn? Du kannst mich mal! Sieh zu, wie du klarkommst!«, fauchte ich ihm zu. »Du wirst doch morgen entlassen ... Viel Spaß in deiner Wohnung. Wage ja nicht, mich oder Heinz anzurufen, dass wir dich abholen sollen. Ich habe endgültig die Schnauze voll von deinem ständigen Gejammer ... Und tschüss!«

Am nächsten Abend stand Daniel blass und erschöpft mit seiner Schmutzwäsche vor der Tür. Er hatte nach seiner morgendlichen Entlassung bei Heinz im Büro angerufen, genau wissend, dass er sich in »Notzeiten« immer auf seinen Stiefvater verlassen konnte.

Grinsend schlich er ins Haus. »Na, Muttern, wollen wir uns wieder vertragen?«

Unendlich erleichtert darüber, dass Daniel endlich anfing, an seine Zukunft zu denken, rief ich in Strausberg an und fragte, ob es eventuell noch einen anderen Testtermin geben würde. Daniel hatte Glück, da am Montag ebenfalls geprüft wurde; somit wurde er für diesen Tag eingeladen.

Daniel fürchtete sich sehr vor dem Test. Obwohl ihm knapp zwei Wochen blieben, sich von der Chemotherapie zu erholen, schätzte er seine Chancen realistisch ein.

»Mein Kopf ist doch wie ein hohler Kürbis«, jammerte er. »Ich kriege da überhaupt nichts rein, das wenige, was ich wusste, hat mir die Chemotherapie rausgeätzt. Ich werde jämmerlich versagen!«

Er tat mir sehr leid, und ich überlegte auch, ob es richtig von mir gewesen war, ihn dort hinzubringen. Ich wusste schon, dass er im Gegensatz zu den anderen gesunden jungen Leuten ganz schlechte Karten hatte. Er besaß seit Januar einen Schwerbehindertenausweis, auf dem deutlich vermerkt war, dass er zu neunzig Prozent gehandikapt ist.

Nicht gerade rosige Aussichten für einen Neustart zurück ins Leben.

»Woher willst du wissen, dass du es nicht schaffst, wenn du es nicht probiert hast«, versuchte ich ihn dennoch zu beruhigen.

Ich kenne meinen Sohn. Schon immer hatte er versucht, den Weg des geringsten Widerstandes zu gehen. Nur nicht anstrengen, es kommt, wie es kommt. Damals, als Daniel sich in der sechsten Klasse entscheiden musste, ob er auf das Gymnasium gehen soll, gab es viele Diskussionen im Familienverband.

»Ich mach das nicht, ich bleib auf meiner Schule, dort kenn ich alle. Björn geht ja auch nicht«, legte er für sich fest. Seine Lehrerin und wir waren dem Verzweifeln nahe.

Mehrmals hatte sie uns zum Gespräch gebeten. »Daniel, ich versteh dich nicht«, redete sie auf unseren Sohn ein. »Andere Eltern laufen mir die Schule ein, obwohl ihre Sprösslinge schlechte Noten haben, ... und du, du hast trotz guter Leistungen keine Lust dazu!«

Auch ich wollte nicht nachgeben. »Du wirst es probieren! Wenn es nicht laufen sollte, hast du es wenigstens versucht. Dann kannst du immer noch abgehen!«

Am Montagmorgen schlichen wir bei eisiger Kälte, Schneetreiben und eisglatten Straßen nach Strausberg. Daniel hatte sich warm angezogen, wobei seine Sachen an seinem abgemagerten Körper schlotterten. Er hatte fast neun Kilo abgenommen. Den kahlen Kopf schützte er mit einem dicken Schal sowie einer Baseballkappe.

»Meine Mütze setz ich aber nicht ab«, legte er bestimmend fest.

Ich ließ ihn gewähren. Besorgt blieb ich eng an seiner Seite. Er hatte zwar beide Krücken mit, trotzdem machten die glatten Wege Angst. Nur nicht hinfallen, hoffte ich immerzu. Nicht auszudenken, wenn Daniel stürzte. Das künstliche Kniegelenk machte ihm zwar keine Probleme, war aber längst noch nicht so belastbar, dass es einem Sturz widerstanden hätte. So ließ ich mich auch überhaupt nicht am Wachtor davon abhalten, mit auf das Kasernengelände zu gehen. Während es in der Julius-Leber-Kaserne für mich normal war, auf das Anwesen zu fahren, wollte man mich hier nicht vorlassen. Die Situation schien ja auch zu grotesk zu sein: Mutter begleitet Sohn zur Prüfung! Im Normalfall wäre es mir auch nie in den Sinn gekommen, meinen erwachsenen Sohn zum Eignungstest zu begleiten. Aber was hätte Daniel tun sollen? Er konnte unmöglich allein, von der Chemotherapie ausgelaugt, bei Glatteis und Schneetreiben das weite Gelände durchlaufen. Nach einigem Hin und Her an der Wache hatte ich den älteren Herrn überzeugt. Daniel humpelte im Kreise von mehreren jungen Leuten und mit mir an seiner Seite zum Schulungsgebäude. Da ich ihm noch mehr Peinlichkeiten ersparen wollte, hielt ich mich abseits und beobachtete die fröhlichen, aufgeweckten Jugendlichen. Mir blutete das Herz, als mein Blick auf meinen blassen ausgemergelten Sohn fiel. Er stand an einer Wand gelehnt, die Gehstöcke neben sich, und hatte sichtlich Mühe, sein Unwohlsein zu verbergen. Ich konnte ihn sehr gut verstehen, hätte ihn am liebsten wieder ins Auto gesetzt und wäre mit ihm nach Hause gefahren. Aber auf der anderen Seite war ich unendlich stolz auf ihn. Er hatte den Kampf aufgenommen, wild entschlossen, seinen Krebs zu besiegen.

Während des fünfstündigen Tests, nur kurz von einer Mittagspause unterbrochen, kam nach etwa einer Stunde eine Dame auf mich zu. Entsetzlich frierend saß ich im Flur und hatte mich mit Lesestoff eingedeckt. Es hatte sich herumgesprochen, dass ich die Mutter des krebskranken Zöglings war.

»Sie können auch in der Kantine warten, Sie müssen nicht hier im zugigen Flur sitzen«, bot sie mir freundlich an.

Das tat ich dann auch, behielt aber das Schulgebäude im Auge, trank Unmengen von Kaffee und wartete auf meinen Sohn.

Als wir am späten Nachmittag endlich zu Hause ankamen, fiel Daniel völlig entkräftet ins Bett.

Nach kurzer Zeit kamen die Ergebnisse. Daniel war sehr deprimiert, da er den Test nicht bestanden hatte.

»Na und!«, tröstete ich ihn. »Es wird anders weitergehen. Du hast es wenigstens versucht. Nur das zählt. Nun wirst du erst einmal gesund, dann kannst du weitersehen.«

Frühlingserwachen

Am 12. März besuchte uns Frau Dröger zu Hause, um den weiteren Werdegang von Daniel bei der Bundeswehr zu besprechen. Sie teilte uns mit, dass er seinen Wehrdienst wie geplant im Jahr 2005 beenden, aber aufgrund seiner schweren Behinderung nicht mehr Matrose werden könne. Er würde im Innendienst eingesetzt werden. Daniel hatte sich längst damit abgefunden, seinen sehnlichsten Wunsch, Matrose zu werden, zu begraben.

»Egal, Mama, ich lebe noch. Wer weiß, was gekommen wäre, hätte ich mich nicht für die Bundeswehr entschieden. Dann wäre der Krebs sicher erst irgendwann im Endstadium entdeckt worden.«

Ich hatte seinen Worten nichts hinzuzufügen.

Daniel hatte sich sehr gut erholt. Obwohl er immer noch im Wechsel von drei Wochen einen Zyklus Chemotherapie bekam, fühlte er sich danach nicht mehr so krank und angegriffen. Zwischen den Pausen konnte er wieder gut essen, ihm wuchs das Haar – um gleich nach der Therapie wieder auszufallen. Er hatte sich unzählige Käppis der verschiedensten Art zugelegt. Nur seine Blutwerte blieben trotz der Spritzen besorgniserregend. Je mehr Daniel anfing, Pläne für seine Zukunft zu machen, umso ruhiger wurde ich. Meine eiserne Umklammerung fing an, sich zu lockern. Meine ständigen Ängste ließen nach, ich begann, mich wieder auf mich und meinen Mann zu konzentrieren.

Am 13. April fuhren wir mit Daniel nach Bremerhaven. Er

wurde zum Gefreiten befördert. Obwohl er nur knapp drei Wochen beim Bund gewesen war und danach nur noch um sein Leben gekämpft hatte, hatte man ihn nicht vergessen. Daniel war sehr stolz darauf und freute sich, noch dazuzugehören. Wieder ein weiterer Schritt zurück ins Leben. Noch mehr freute er sich, dass sein Kapitänleutnant die Beförderung vor versammelter Mannschaft nur für ihn allein durchführte. Mir war sehr beklommen zumute, als ich mit Heinz zusammen etwas abseits stand und der Zeremonie zuschaute. Etwa einhundert junge Männer standen in Reih und Glied, jung, kraftvoll, dynamisch, und warteten auf ihren ehemaligen Kameraden. Es war irgendwie gespenstisch, so unrealistisch. Die gesunden Männer in Uniform – der kranke junge Mann in schlotterndem Anzug. Hinzu kam, dass Daniel aus Respekt sein Käppi abgesetzt hatte. Mein Sohn tauchte aus dem Hintergrund auf; blass, kahlköpfig und abgemagert ging er auf den Kapitänleutnant zu – aber aufrecht mit einem glücklichen Lächeln. Sein Gehstock, ohne den er immer noch nicht laufen konnte, klackte auf dem steinernen Fußboden in die Stille. Klack, klack. Ich hielt mich ganz fest an meinem Mann fest und kämpfte wieder einmal mit den Tränen. Von dem Moment an wusste ich, dass mein Sohn sein Schicksal angenommen hatte.

Anfang Mai wurde die Chemotherapie abgebrochen, weil Daniel sehr schlechte Blutwerte aufwies; die Leukozyten lagen bei 1,6 Gpt/l, es kam Nasenbluten hinzu, ein untrügliches Zeichen, dass jeder weitere Zyklus jetzt Lebensgefahr bedeutete.

Letztendlich erhielt er statt der neunzehn geplanten Zyklen fünfzehn.

Wir waren am 6. Mai 2004 in der Klinik zum Abschlussgespräch. Nach unendlichen Qualen, vielen Tränen, Hoffnungslosigkeit und schlaflosen Nächten wurde Daniel als vorläufig geheilt entlassen.

Am 8. Mai 2004 haben sich Nadine und Daniel verlobt.

Am 26. Mai 2004 begann Daniels Rehabilitation, nur vier

Kilometer von Altlandsberg entfernt. Dieses Mal gab es keine Diskussionen mehr.

»Mama, und wenn du dich auf den Kopf stellst, ich werde von meinem Zuhause aus die Kur antreten, jetzt ist nur noch Nadine wichtig.«

Ich konnte meinen Sohn gut verstehen!

EPILOG

Daniel beendete im Mai 2005 als Obergefreiter seinen Wehrdienst bei der Bundeswehr. Wie von ihm geplant, bezog er drei Monate später eine größere, schönere Wohnung in Berlin-Pankow. Leider zerbrach, als er endgültig nach Berlin zurückkehrte, die Liebe zu Nadine. Daniel war sehr traurig darüber, akzeptierte dann letztendlich Nadines Entscheidung. Ich bin ihr immer noch unsagbar dankbar, dass sie meinem Sohn während seiner schweren Zeit eine unschätzbare Hilfe war.

Im Oktober 2005 nahm Daniel ein Studium für Verwaltungsrecht und Rechtspflege in Berlin auf. Er geht zu den regelmäßig stattfindenden Kontrolluntersuchungen und schaut nun wieder optimistisch und hoffnungsvoll in die Zukunft.

Heinz und ich haben unser Leben zurück. Alles läuft wieder in ruhigen Bahnen, wir genießen es, für uns zu sein. Wenngleich ich immer noch besorgt um meinen Sohn bin, so lehnt Daniel es jetzt kategorisch ab, sich von mir »reinreden« zu lassen. Wie jede liebende Mutter, habe ich ab und zu noch Probleme damit, nicht mehr gefragt zu werden ... aber nun ist mein Sohn wirklich erwachsen.

NACHTRAG UND DANKSAGUNG

Ich habe dieses Buch aus meiner Sicht, der Gefühlswelt der Mutter geschrieben. Auch wenn Kinder erwachsen sind, bleiben sie immer »das Kind«. Oftmals habe ich in der Klinik gesehen, dass Jugendliche ohne den Zuspruch der Eltern durch die Hölle der Chemotherapie gehen mussten. Sie taten mir unendlich leid. Daniels Erkrankung hat uns als Familie noch mehr zusammengeschweißt. Wir haben nun eine andere Ebene erreicht – die des Verstehens, Zuhörens, des Mitgefühls.

Bewusst habe ich einige Namen verfälscht, andere Namen nicht genannt. Trotzdem bedanke ich mich bei all den genannten Personen im Buch, sei es nun mit richtigem oder falschem Namen. Jeder Einzelne half uns aus dem Tal der Tränen in eine neue Zukunft zu schauen.

Ganz besonders bedanke ich mich bei den Ärzten der Robert-Rössle-Klinik sowie allen Beteiligten der Bundeswehr.

Mein besonderer Dank gilt Dr. Gujulla.